七夜歌

THE SEVEN NIGHTS SONG

唐家小主　著

天津出版传媒集团

天津人民出版社

图书在版编目（ＣＩＰ）数据

七夜歌 / 唐家小主著. -- 天津：
天津人民出版社，2015.3（2020.3重印）
ISBN 978-7-201-09204-1-01

Ⅰ.①七… Ⅱ.①唐… Ⅲ.①长篇小说 – 中国 – 当代
Ⅳ.①I247.5

中国版本图书馆CIP数据核字(2015)第050161号

七夜歌

QI YE GE

唐家小主 著

出　　版	天津人民出版社
出 版 人	刘　庆
地　　址	天津市和平区西康路35号康岳大厦
邮政编码	300051
邮购电话	（022）23332469
网　　址	http：//www.tjrmcbs.com
电子信箱	reader@tjrmcbs.com
责任编辑	玮丽斯
装帧设计	胡万莲　芬　子
制版印刷	三河市华东印刷有限公司印刷
经　　销	新华书店
开　　本	660毫米×960毫米　1/16
印　　张	16
字　　数	179千字
版权印次	2015年3月第1版　2020年3月第2次印刷
定　　价	42.80元

目录

C O N T E N T S

目录 CONTENTS

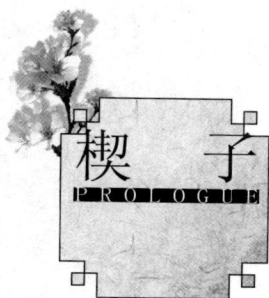

楔 子
PROLOGUE

　　龙景十七年春，后齐主慕容宇在前线患病，三百万粮草被劫，急召长子慕容锦夜来安定，并火速筹集粮草。

第一章

CHAPTER

01

永州有女盛七歌

（1）初到永州

永州位于黄河南岸，是后齐最主要的粮食产地，自古便有天下粮仓的美誉。

而盛家是永州最大的米商，旗下永和米行遍及全国，宫中所用精米有三分之一出自永和米行。

早在两年前，盛家大掌柜盛云清卸下掌柜一职，由其长女盛七歌接任。盛七歌从小饱读诗书，精明聪慧，十四岁时便独自掌管永州临县的永和米行分行，每年盈利位于同规格分行前列。

至十六岁，盛七歌已经掌管十八家米行，每年盈利是盛家七十八家分行总和的四成，其中还不包括其拓展发展的永和船运和永和钱庄。

永州运河连通南北，南接长安，北通大启十六州，行经七十二州三十六府。盛七歌接任永和大当家之后，积极开展船运，如今永和的商船几乎占据南北往来船只的两成，其中又以运粮船队的规模最为庞大。

"公子，你看，前面就是永和船运的商船。"一条不大的乌篷船从南顺流而下，船头站着两名男子，穿青衣云锦长袍的男子面容俊秀，姿态慵懒，手中的折扇正点指运河两旁的港口，几艘挂着永和号大旗的商船正在卸货，数以百万石的精米从各地的永和粮仓送过来，其气势不可谓不壮观。

　　而他身旁的白衣男子微敛着眉，墨发如瀑般披散在肩头，偶尔江风吹过，撩起的衣袂飞扬，给那水墨般俊雅非凡的面容染了一抹空灵的仙气，让岸上奔走的工人忍不住侧目惊叹，世间怎会有如此清俊如仙的人？

　　然而那人只是微微挑了挑眉，目光看着对岸一家茶寮。

　　茶寮不大，里面摆着几张桌子，小二正在给坐在角落里的一位姑娘上茶。

　　那姑娘穿着宝蓝色春衫，面容被阴影遮住了一半，只露出白皙如玉的侧脸，并非倾国倾城，却自有一股沉静之美。

　　"公子，看什么呢？"尹维顺着他的视线看去，抿唇一笑，"原来是看人家姑娘。怪了，在长安怎么就不见你对哪个女子上心？难道真是永州的米养人，养出来的女子与众不同？"

　　白衣男子名慕容锦夜，在京城是出了名的不近女色，如今一到永州就这般盯着人家姑娘瞧，着实有意思。

　　慕容锦夜扭头瞪了尹维一眼，懒得跟他解释，目光再次看向岸边的茶寮。

　　茶寮里的女子正端着茶杯，光影中露出的侧脸娴静美好，微微抿起的薄唇带着一抹浅笑，似乎对港口卸货的情景十分满意。

　　这时，从一艘商船上走下一名男子，一身管事打扮，几个快步走到茶寮里，在那女子的对面坐了下来。虽听不见二人说了什么，却见那管事笑得开怀，并有些手舞足蹈的样子。

　　"公子，别看了，你不会忘了咱们来永州的正事吧，朝中的那些老古董可都等着看你的笑话呢。"尹维有些着急，"公子，别说你不知道，我来永州之前可是替你打听清楚了，盛家永和米行现任当家的是个叫盛七歌的女子，盛七歌自小有个未婚夫，去年，她的未婚夫，也就是官拜三品参将的魏恒，在攻打大启的战役中夜袭失败，三千铁骑全军覆没。魏恒战死的消息传回来后，盛七歌竟然只身去了安定大营，誓言活要见人死要见尸。可惜尸体早被敌军销毁，哪里找得到？"剩下的不用他说，慕容锦夜也能明白，这盛七歌压根就是根难啃的骨头，未婚夫战死沙场尸骨未寒，她又怎肯轻易借米？

慕容锦夜好笑地看着尹维涨红脸的模样，伸手拍了拍他的肩，一副胸有成竹的模样，笑道："我看这盛七歌倒也是个性情女子，未必就是不通情达理之人，她未婚夫既然战死沙场，如今前线缺粮，她借米应急有何不可？"

尹维忍不住苦笑："公子，你只知其一，不知其二啊！"

"难道还有别的隐情？"

"你不知，当时她独闯军营被守军的将领打了三十刑杖差点丢了半条命，后来她在当地多方打听调查，竟然真的找到了魏恒夜袭失败的主因。"这种丢人现眼的事，他真不好意思拿出来说，可是不说，又怕慕容锦夜真的筹集不到粮草而被有心人士诟病，所以只好和盘托出，"当时魏恒之所以夜袭失败，有一部分原因是夜袭的消息泄露，另外一部分原因，是当时的守军将领玩忽职守，没有及时支援，最后才导致魏恒全军覆没。"

慕容锦夜听后，气得当场折了手中的扇子："三千骑兵的性命就这么丢了？"

很少见慕容锦夜发火的尹维眨巴眨巴眼睛，没敢回话。

这时，船已靠岸，船老大从另一端走过来，另一个随从搬出踏板搭在岸边的石阶上。

上了岸，慕容锦夜才更直观地感受到港口的热闹和喧哗，往来的人多行色匆匆，倒显得茶寮里的女子越发清闲。

他举步朝那茶寮走去。尹维正和船老大打听永和米行的地址，见慕容锦夜离开赶忙追了上去。

茶寮里的女子早在慕容锦夜上岸的时候就注意到他了，毕竟港口这种鱼龙混杂的地方，慕容锦夜的出现无异于鹤立鸡群，引人侧目。

她在那管事耳边呢喃几句，管事侧目看了走过来的慕容锦夜和尹维一眼，转身离开了茶寮。

慕容锦夜和尹维一进茶寮，尹维便不满地皱了皱眉，俯身在慕容锦夜耳边道："公子，你要喝茶，城里有的是好地方，这里未免太寒酸了。"堂堂太子，在这么个犄角旮旯儿里喝茶，说出去有失体面吧！

"那你去城里吧！"慕容锦夜瞥了他一眼，有些后悔带这么个到处挑刺的大嘴巴来永州。

尹维干笑两声，识趣地闭嘴。

"二位客官要喝点什么？"小二笑呵呵地走过来，目光上下打量慕容锦夜二人，"两位公子不像是本地人。"

永州是港口城，往来交易繁盛，人口更为复杂，很多南北商人在春潮时候都会在永州停留一段时间，或交易买卖，或游赏运河两岸风光。

"嗯。"慕容锦夜点了点头。

小二见他不愿多谈，无趣地摸了摸鼻子："我去给二位沏茶。"转身时，不小心碰了尹维的袖摆一下，立马引得尹维一阵抱怨，同时掏出帕子擦了擦袖摆。

小二微愣，有些尴尬地看着尹维。

尹维不悦地瞪眼："看什么看？爷要喝雨前龙井，最好用初荷的露水沏。"

小二张着嘴巴好半天才道："没有。"

尹维脸色顿时一黑，心说，这什么破地方，连雨前龙井都没有，忍不住怒道："那巫山云针呢？"

小二依旧摇头。

"碧螺春？"

见小二继续摇头，尹维猛地一拍桌子："什么都没有，开什么茶寮？"

小二吓得一缩脖子："公子说的茶叶小店真没有，要不，请您移驾云山茶楼？"

"混账东西，怎么说话呢？爷来你这里喝茶是看得起你，怎么，还要赶爷走是不？"尹维瞪着小二，斯文俊秀的外表做出这等咄咄逼人的样子，引得角落里的女子一阵轻笑。

"你就别为难他了。"慕容锦夜笑着出声，扭头朝小二道："就上一壶角落里那位姑娘喝的茶就好了。"

"可是……"小二又为难了。

一旁的尹维气不过："怎么？那茶她喝得，我们喝不得？"

"倒也不是。"小二看了眼角落里的姑娘，见她点了点头，才道，"那位姑娘喝的茶是自己带的，我不过是帮忙沏了一壶而已，客官要喝，还得那姑娘同意才好。"

尹维一听，乐了："出来喝茶，还自己带茶叶，有意思。"

慕容锦夜笑道："我若没猜错，姑娘喝的是大理的十八学士。"

尹维一愣，深深吸了一口气，果然，空气中的茶香盖过了河面的腥气，竟然真是十八学士。

"公子，你怕是早看出她喝的是十八学士，却还说不要我为难小二，你才是为难他吧！"

慕容锦夜淡笑不语，朝那姑娘看去。

若他刚刚没有看错，那管事是从永和商船上下来的，对这姑娘态度又有几分谦卑，想来她与永和米行是有些渊源的。而且……

他微微眯了眼睛，目光灼灼地看着她身上的穿着，一道异样的光芒从眼底一闪而逝。乍一看是普普通通的一身行头，却绝对称得上是低调的奢华。

"公子倒是个懂茶之人。只是想喝好茶却不该来我等这升斗小民喝茶的地方，小二推荐的云山楼里名茶无数。"姑娘笑呵呵地望过来，与慕容锦夜四目相对，心下暗叹，好一位丰神俊朗的佳公子。

"此言差矣。"慕容锦夜笑道，微微侧了下身子，目光正好对上她秋水般荡漾着莹莹波光的眸子，"我看姑娘穿着却不像升斗小民，云锦坊的暗纹藏花锦缎小袄，金丝线藏银纹绣鞋，腰间的玉佩亦是上好的羊脂玉，姑娘这般气度的人，岂能自称升斗小民？"

那姑娘一愣，知道遇见了识货的："公子好眼力。"

"姑娘是永和米行的人？我见刚刚那管事是从永和米行的商船上下来的。"慕容锦夜问道。

姑娘又是一愣，随即一笑，点了点头："小女子翠羽，是盛掌柜的贴身大丫鬟。"

她话音一落，一旁的尹维猛地站起来："笑话，你一个丫鬟竟然穿得如此奢华，你家掌柜的难道还要穿金缕不成？也对，我听说，盛七歌爱金银如命，三年前还在西山建了一座黄金屋。"

翠羽脸色一寒："那又如何？国家的律法可没不许丫鬟穿戴奢华。"

说着，她从怀里掏出一块碎银子丢在桌上："小二，结账。"

"姑娘且慢。"慕容锦夜忙叫住翠羽。

"干吗？"

慕容锦夜双手抱拳："我等正巧是来求见你家掌柜的，刚才多有冒犯，现在还请姑娘大人不计小人过，代为引荐。"

"公子，你……"尹维哪里见过慕容锦夜这般伏低做小，狠狠朝翠羽瞪了一眼。慕容锦夜抬脚狠狠踹了他小腿一下，用眼神示意他最好马上闭嘴。尹维委屈地撇撇嘴，没再出声。

翠羽微微敛眉，狡黠的目光上下打量二人："原来是要求见我家掌柜的。也罢，往来天下皆是客，我家掌柜的好客，你们随我来吧！不过掌柜的见不见你，可不是我说了算的。"说着，她迈着步子出了茶寮。

慕容锦夜二人连忙跟上。

（2）金乌借米

"姑娘，你确定你家掌柜的在这里？"尹维看着一望无际的稻田，忍不住失声惊呼。

翠羽摇了摇头。

"你耍我们？"

翠羽没理会大呼小叫的尹维，回头挑衅地看着一身白衫、眉头微挑的慕容锦夜："实话跟二位说吧，我家掌柜的早就知道二位的来意，而二位也必然知道我家掌柜的并不喜欢官府，借粮一事，还要看二位的诚意。"

"既然知道我们是京里来的人，那就赶快要她来见我们，别在这儿玩什么猫腻。"尹维狠狠瞪了她一眼，扭头看着慕容锦夜，说："我看这盛七歌根本就是有意刁难咱们。"

尹维素来是个没耐性的，慕容锦夜也懒得理他，自顾自望着眼前一望无际的稻田，一边感叹大自然的神奇之处，一边又对田里劳作的农民生了一种敬畏之感。他自小生在皇城，浸淫的多是皇权斗争，从来没有哪一刻像此时一样，心境平和得仿佛超然世外。

"公子觉得怎么样？"翠羽颇为得意地张开双臂做拥抱状，"永州是我后齐的天下粮仓，每年产米千万石，品种多达十几种，全国每十个人中有五个吃的是永州米。这片稻田里种的是珍品珍珠米，每年有八成会送进宫中成为皇上和后宫妃嫔的盘中餐。"她说话时表情极其认真，好像在夸赞自己的孩子一

样，满脸洋溢着骄傲的神采，让慕容锦夜看得微微发呆。

"翠羽姑娘你来啦。"有人发现了他们，从田间抬起头，笑眯眯地朝翠羽招手。

"嘿嘿，王大妈，我今天带了帮手哦。"翠羽顺手指了指慕容锦夜。

黝黑的妇人看着慕容锦夜笑眯了眼睛，赤裸裸的视线看得慕容锦夜浑身不舒服，他只得尴尬地笑了笑，扭头看翠羽："永州人真热情。"

翠羽娇俏地瞪了他一眼："长安城的公子嘴巴都跟抹了蜜似的。"

慕容锦夜闹了个大红脸，轻咳一声，问道："不知道盛掌柜的所说的诚意跟这稻田有何关系？"

翠羽别有深意地看了他一眼："掌柜的说，要我带你们来体验体验水稻的种植过程。瞧见面前的这片田没有，不多，两亩地，今天公子要是都插好稻苗，掌柜的就见公子。"说着，她挽起裤脚下了田埂。

慕容锦夜顿了一下，苦笑着望了一眼天空，金体怕是真要当一次农民了。想着，他也跟着挽起裤脚跳下田埂。

"你不会来真的吧！"尹维站在田埂上看了眼田里的淤泥，忍不住打了个寒战，他死也不会下去的，绝不。

慕容锦夜跟着翠羽下了田。几个农民见翠羽带着个白衣美男子下田了，一边打趣偷笑，一边把手里的稻苗递给翠羽。慕容锦夜有样学样，也抓了一把稻苗在手里，学着翠羽的样子插秧。早春的水带着些凉意，慕容锦夜感觉每踩下去一次，淤泥都死死地裹住脚，拔出来时，小腿总是微微发痒。忙活了半天，扭头一看，身后的稻苗刚插进去就倒了下来。

前面的翠羽扭头一看，气得俏脸通红："喂喂，不是说要你直着插进去吗？你们这种京里的公子哥除了吃喝玩乐还能干吗？真是比米虫还讨厌。"她一边嘟嘟囔囔，一边把倒下去的稻苗扶正，等抬起头的时候，才发现慕容锦夜正弯腰在水里摸索着什么，剑眉微微皱起。

"怎么了？"翠羽问，那语气别提多嫌弃了。

慕容锦夜暗自苦笑，他这辈子还是第一次被一个女子嫌弃成这样。

"没事，就是有点发痒。"说着，他把脚从淤泥里拔出来一看，白皙的小腿上黏了两条黑乎乎、软绵绵的东西。

"别动。"翠羽突然出声。

慕容锦夜早在看到那两团黑乎乎的东西时就蒙了，如今被翠羽这么一吓，更觉得是什么了不得的大事，况且，那东西似乎还在用力地往他的皮肤里钻，一阵微微的刺痛顺着神经传递到大脑。

"这是什么？"他拧着眉，勉强装出一副处变不惊的样子，直勾勾地看着翠羽紧抿的唇角，不得不问了一句，"有毒吗？"

翠羽忍住狂笑的冲动，其实那只是普通的蚂蟥而已，不过她倒是并不想让他那么好过。

"你可千万别动，这东西学名叫吸血鬼，能吸人血，嘴上长了吸盘，要是钻进皮肤里，顺着血液进了五脏六腑，大罗神仙来了也没用。"

慕容锦夜嘴角抽了抽，大气也不敢出一下，强作镇定地问："没办法拿掉吗？"

翠羽为难地看了他一眼。

慕容锦夜隐约有种不好的感觉，难道要截肢不成？心瞬间沉了几分。看她的眼神带着一丝严肃，良久，他从腰间解下佩刀："动手吧！"

翠羽猛地抬头，对他果敢坚毅的神色有些诧异："你不怕？"她比画了个手起刀落的姿势。

不怕才怪。慕容锦夜一咬牙，闭眼苦笑："还有别的办法吗？"

翠羽接过刀，装模作样地用冰凉的刀背在他小腿上比画了几下："那你可准备好了，不一定要截肢的，不过剃掉一层皮肉是一定的。"

慕容锦夜挺直了背，脸上冒出一层虚汗，点了点头，牙齿咬着下唇，本就殷红的唇显得越发诱人，看得翠羽有片刻失神。

一旁的黝黑妇人早看不过去了，"扑哧"一声笑了，走过去在慕容锦夜小腿上的蚂蟥身上重重拍了两下，两团黑乎乎的东西就自己掉下去了。

"我说，翠羽，你就别戏弄他了。"

说着，她看向慕容锦夜："这哪里是什么吸血鬼，不过是田间地头的蚂蟥而已，用手拍几下就掉了，没毒的，这丫头是骗你的呢。"

"王大妈，你这是心疼人家了哦。"翠羽打趣地望着脸黑沉沉的慕容锦夜，把手里的佩刀插回他腰间的刀鞘。

慕容锦夜的目光从始至终没有离开过翠羽的脸，紧抿的薄唇微微勾出一抹清冷的笑："盛姑娘，你觉得慕容的诚意够了吗？"

翠羽一愣，没想到他早看出她的伎俩，或许从茶寮的第一眼，自己就露馅了。

慕容锦夜一语道破盛七歌的身份，两人便不再互相演戏，她轻轻颔首，唤了声："太子金安。"

"你怎知我的身份？"慕容锦夜剑眉微挑，难道是有人泄露了自己的行踪？

翠羽仿佛看透他的想法，抿唇勾出一抹浅笑："太子想多了，永和米行遍及天下，长安城里有个什么风吹草动传到永州也用不了多长时间，何况前线缺粮，作为天下第一米行，我没道理不注意不是？"说完率先上了田埂。慕容锦夜沉着地跟着上了田埂。尹维见两人之间的气氛较之刚才紧绷了许多，有些狐疑地看着慕容锦夜，用眼神询问。

这时，远处的小道上缓缓驶来一辆奢华的金顶马车，驾车的正是那在港口有过一面之缘的管事。

慕容锦夜微微眯着眼，看着那金顶马车驶近，最后停在盛七歌面前。

"大当家的。"盛三跳下马车，恭恭敬敬地朝盛七歌弯腰。

"都准备得怎么样了？"盛七歌微微点了点头，根本不理会慕容锦夜和尹维，弯腰上了马车。

"喂，她这是什么态度？"尹维瞪着面前奢华至极的马车，气愤道。

"请二位贵客移驾'金乌'。"盛三朝慕容锦夜说道，伸手撩开车帘，里面的盛七歌已经端起茶杯悠闲地喝起茶水了。

慕容锦夜默默上了马车，尹维不甘不愿地跟着。

一路上无话，狭窄的马车里弥漫着一股淡淡的茶香，让这个早春的午后显得格外悠闲散漫。

永州有三个特色，一是粮多，二是美人多，三是美景多。说到美景，又以坐落在西山的一座黄金屋最负盛名。

永州人都知道盛七歌喜欢金子，永州人也都知道盛七歌有钱，所以永州民间有这样一句话：娶妻当娶盛七歌，千金公主皆不换。说得倒不是盛七歌容貌绝色，而是她坐拥金山，三年前更是花费无数金银珠宝在西山建了一座黄金屋，取名"金乌"。

金砖金瓦，固若金汤，远远看去，便只觉得西山之上又多了一轮永不落下的太阳。

金乌的外墙用漆黑的乌石铸就，里面机关重重，三年间不知有多少宵小打过金乌的主意，却无人从金乌里拿出一砖一瓦。

当慕容锦夜真的置身在金乌之中，才切身地体会到何为"奢华"。

金乌内壁全部由一层薄薄的汉白玉镶嵌而成，四周的家具用品全是由上等的梨花木打造而成，大厅的正前方摆放着一张八仙桌，堂上悬挂着一张牌匾，上面用翡翠镶金刻了"金乌"两个大字。

这时，一阵清脆的铃声响起，把慕容锦夜和尹维的视线从牌匾上吸引过来。之前进入内室梳洗的盛七歌从门外进来。

慕容锦夜瞠目结舌地看着对面的女人，锦绣云纹的长裙，袖口点缀金丝银线手绣镂空花纹，即便是宫里的妃嫔也甚少有人穿得如此精细。

她的眉眼并不妖艳细腻，甚至带着一丝寡淡和隐藏在抿唇一笑后的世故，这样的女人，棱角分明，浑身上下都散发着一股精明，和刚刚那个跟他在田里农作的刁钻丫头完全是两个人。可是仔细看，又能看出她眼底的一抹狡黠和调皮。很矛盾的一个人，和他记忆里那个躺在父皇密室里的冰美人没有一点儿相似的地方，又或许，跟她的父亲盛云清更为相似吧！

盛七歌笑眯眯地走过来，端着茶盏坐在慕容锦夜对面。一旁的尹维早在她进来的时候就惊愕得说不出话来。

"太子知道我并不想借米给朝廷。我未婚夫的事闹得天下皆知，我对打不打大启一点儿也不感兴趣。"意思是，她不想借米。

慕容锦夜挑了挑眉，思索着要怎么开口才能让她心甘情愿借米。安定战事吃紧，三百万石粮草被劫，边关储备粮草只够维持月余，若是他在永州无法筹集到粮草，安定城不出两个月必然失守，西北大门一开，大启必将长驱而入直取京都。

"安定是西北屏障，一旦失守，大启铁骑必然长驱直入，永州位于长江口岸，又是产粮重地，往来商贸繁荣，若大启攻破安定后，第一个要夺下的一定会是永州。到时候莫说万亩良田不保，盛家的永和米行也会受到波及。"

盛七歌饮了一口茶："那又如何？就算我出借三百万石米，太子就能保证安定不失守？安定守将玩忽职守，若非如此，我夫魏恒怎会惨死？"她不卑不亢，想到那少年鲜衣怒马，不觉热血沸腾，猛地一拍桌子站起来，目光寒冷地看着慕容锦夜，"三千骑兵他都不放在眼里，又岂会在乎这区区三百万石粮草？"

慕容锦夜早知道她会就此事做文章，沉声道："盛姑娘，对于魏恒一事，我深表惋惜，但战场风云变幻，未必就是你想的那样。"他又如何不恨？

可是鞭长莫及，安定主将失职已是既定事实。临行前他已经做了最坏的打算，并冒死给父皇去信进谏，革职安定城主将。

"我只信我看到的。"

"你什么意思？你一个妇道人家，战场上的事，懂得什么？"尹维气不过，慕容锦夜都如此低声下气了，这女人倒是蹬鼻子上脸了。

"尹维，闭嘴！"慕容锦夜狠狠瞪了尹维一眼，尹维不服气地撇撇嘴，没再说话。慕容锦夜长叹了一口气，伸手从怀里掏出一块琥珀色的令牌，附带一封印信："若是将安定主将革职查办呢？"

"公子，你开玩笑呢？"尹维看到琥珀令牌时不由得大惊失色，"你不会来真的吧！那日你去皇上书房到底干了什么？"

慕容锦夜抿唇一笑："我自请出征，亲自押运粮草出战，顺道代替父皇写了一道将安定主将革职查办的圣旨。如果盛姑娘还不放心，我把我的印信压在姑娘手中，半年内安定之败一定调查清楚，并给魏恒将军一个交代。"说完，他扬眉看着盛七歌。

盛七歌诧异地看着他，两人四目相对，视线在空中交缠许久，最后，盛七歌轻轻坐回椅子，敛着眉，双手交握，好一会儿才道："太子，你知道，这天底下没有白吃的米饭。"

慕容锦夜一听，知道她松口了，忍不住抿唇勾出一抹浅笑："盛姑娘的意思是……"

盛七歌猛地抬头，狡黠一笑，双眸灿如星辰："永州运河连通南北，贯穿七十二州三十六府，因为连年战事，永州运河通往大启的河道受阻，我要太子允我，一旦安定战事得胜，我要永州运河通往大启的河道运输权。"

慕容锦夜听完，眸色一变："你这是要垄断与大启经贸的水运买卖？"

盛七歌一乐："那就要看太子能不能如你所说，三年内赢得安定战事。还是太子对自己没信心？"

"呵呵呵！好，好一个盛七歌，我算是见识到了！"慕容锦夜无奈苦笑，好一个贪得无厌的奸商。

盛七歌撇撇嘴，不以为意地看了眼慕容锦夜眼中藏不住的锋芒，不知道她兵行险招，到底是把盛家推上更为繁华荣耀的顶峰，还是就此埋下盛家的隐患。

她不知道，可她可以断定，面前的这个男子，他是一条城府极深的狼，正在伺机而动，一旦给他机会，他会毫不留情地撕裂对手的脖子。

（3）陈粮

从永州到安定，途径三州六府，运粮的大队绵延数百米，为首的一辆红顶马车疾驰狂奔，穿梭在磅礴的雨幕里。大雨已经下了整整一天一夜，在这早春时节，这雨来得确实让人猝不及防。

"报！前面探马来报！"栈道尽头疾驰而来一匹黄彪马，马上的人穿着蓑衣，一边向马车疾驰一边大声喊道。

车厢里，慕容锦夜手里的棋子一顿，而后轻轻落在棋盘上，他抿唇看了眼对面的尹维，心里掠过一丝不安。

探马很快来到马车前，尹维撩开车帘，疾风卷着细雨冲进来，慕容锦夜只觉得脸上微微一凉，扬眉看去，那探马的脸色一片惨白。

"前方路况如何？"

"报，因雨势湍急，前方栈道两边的山体出现滑坡，恐怕粮草车队无法通行。"

探马说完，慕容锦夜心里微凉，看了眼雾蒙蒙的天，面上毫无表情。

疾风吹开脸颊的发丝，一时间马车里静谧无声，好一会儿，慕容锦夜才道："下令，原地调转队伍，返回刚刚路过的蓟州避雨。待雨停后，立刻派人梳理栈道，必须保证粮草一个月内顺利送到安定。"说完放下车帘。

马车外马蹄声再次响起，渐行渐远。

"这早春的大雨，来得可真不是时候。"一旁的尹维忧心地看了眼沉默不语的慕容锦夜，"不知前方战事如何，安定要是守不住，长安便危险了。"

慕容锦夜没说话，目光幽幽，心里百转千回。

马车随着队伍调头，疾行了不过几百米，前方的车阵突然乱了套，负责押送粮草的千户来到马车前，双膝一屈跪倒在地："太子殿下，出大事了！"

慕容锦夜的心一沉，猛地一把扯开车帘："什么事？"

千户站起来，俯身在他耳边呢喃几句，慕容锦夜脸色瞬间大变，也顾不得穿上蓑衣，飞身跳下马车，几步便冲进了雾蒙蒙的雨幕中。

"喂，穿上蓑衣啊！"尹维跟着跳下马车，看了那千户一眼，抱着蓑衣追了出去。

折返后，队伍前面的一辆马车因为栈道泥泞翻倒了，整个路面被发青的陈米铺了厚厚一层。是的，发青的陈米。

空气中还弥漫着一股发霉的气息，几个士兵脸色苍白地站在栈道两旁，看慕容锦夜从后面赶过来，脸色越发难看了。

慕容锦夜一言不发地看着地上的陈米，走过去一把抽出为首的士兵腰间的佩刀。他冲到一辆运粮车前，挥刀斩断捆绑油布的绳索，车上的粮食一袋袋滚下来。他微微眯着眼，高高举起手里的刀，"噗噗"几下刺进装粮的麻袋。发青的陈米像流水一样从麻袋里溢了出来。

一袋，两袋……慕容锦夜的眼眶隐隐发红，拿刀的手微微颤抖着。

后面赶来的尹维一见这般情景，顿时气得暴跳如雷，冲过去一把抢过慕容锦夜手里的刀："混蛋，我们被盛七歌给耍了。现在怎么办？"

雨势湍急，慕容锦夜身上已经被雨淋湿，他直愣愣地站在雨幕里，浑身仿佛结了一层冰。

"牵马来！"慕容锦夜突然朝身后跟来的千户大喝了一声。

不多时，千户牵来了慕容锦夜的战马飙风。

"喂，你要干什么？"尹维难以置信地看着慕容锦夜飞身上了马背，双腿一夹马腹，拦都拦不住，一人一骑风驰电掣般冲进雨幕，直奔永州方向。

"带队去安定，陈米一事只当作不知道！"

雨幕中传来慕容锦夜金属般掷地有声的话语，尹维心底豁然一亮，转身笑眯眯地看了眼千户："看什么呢？还不把这精米都给我装好？一粒米也不准落下。"

一大早，船工唱响号子，港口又是一片忙碌，十几艘货船停靠在港口，巨大的幡上用朱砂写着"永和船运"四个大字。

岸口的茶寮里安安静静地坐着一人，依旧是角落里的位置，依旧是一盏清茶，她的目光时不时地打量港口的货船，数以百计的船工正在把岸上的粮食往货船上搬。

马蹄声由远而近，盛七歌笑着放下茶杯，抬头看着茶寮前的一人一骑。没了初见时的清冷自傲，此时的慕容锦夜说多狼狈有多狼狈。墨黑的乌发凌乱地披散在肩头，素白的长衫因连日来的奔波显得有些落魄且一身的风尘味。

"扑哧。"盛七歌乐了，指了指面前的桌椅，"我等你多时了。"她也不用尊称，笑弯的眉眼带着一丝调皮，恰如初见时那样。

慕容锦夜又气又恨，却又拿她无可奈何，只好下了马，几步走到她面前坐下。盛七歌倒了杯热茶塞进他手里，双手支着下巴笑眯眯地看着他紧皱的眉头："我还以为，你要过几天才能发现呢。"

若是此时坐在她面前的是尹维，那必定是大发雷霆，但慕容锦夜没有。他姿态悠闲地看着盛七歌，薄唇微微勾出笑意，目光却时不时看向港口。

"盛姑娘心思缜密，慕容自叹不如。"他笑着饮了口茶，看盛七歌的眼中带着丝赞赏，连带着整个人都显得格外柔和亲切，与初见时的疏离有着天壤之别。

安定大营百万粮草被劫，他此番来永州借米，大启的奸细很可能早就打探到了消息，所以，就算他借米成功，大启也一定会设下埋伏。盛七歌来了个狸猫换太子，神不知鬼不觉地帮他摆了大启一道。

真正的粮草，怕是要走水路运去安定吧！

"呵呵！"盛七歌狡黠一笑，站起身来到茶寮外，抬手指着面前港口停靠的十几艘货船，"你这次可是欠了我一个大人情。若是现在没猜错，运往安定的那批陈粮恐怕已经被大启劫了。"

慕容锦夜脸一黑："粮队出蓟州被大雨拦截，现在应该退守蓟州，暂时还算安全。"

"咦？早春的大雨啊，还真是少见，不过，似乎帮了你一把。"盛七歌神情闲散地把玩着腰间的流苏，对面港口的货船已经装满，船工都站在甲板上等着主家登船呢。

盛七歌朝人群里的管事盛三摆摆手，盛三跑过来，微微朝慕容锦夜躬身施礼，转而看着盛七歌："掌柜的，都准备好了。"

盛七歌点了点头："盛三，你跟着上船，一路上照应着别泄露了他的身份，把东西送到安定后速归。"

说完，她扭头看着慕容锦夜："上船吧。"

慕容锦夜目光灼灼地看着她干净的脸，好像想从她脸上看出点什么，却又什么也看不出。他跟着盛三上了船，站在江风猎猎的甲板上，目光对着岸上茶寮里单薄的身影，眼中透出一丝复杂的情愫。

船队浩浩荡荡地驶离港口，盛七歌突然觉得眼眶有些发涩，她有些失神地看着远方甲板上的那个人，脑中却浮现出另一张俊俏的面容。

那一年，她也是站在这里，目送着魏恒离开永州去安定。

那时她还年少，他也是有着雄心壮志的少年。他说，我这一腔热血终要报效国家，他说，七歌你等我回来，等我回来迎娶你，那时，必然是十里红装铺路，八抬大轿迎人，我要你做天下最幸福的女人。

当初的誓言犹在耳际，如今想来，却是那般讽刺。他马革裹尸，她却依旧沉浸在商道的载沉载浮中无法自拔。不是没想过拒绝慕容锦夜，可这到底是他爱着的国家，她又怎么忍心看着他用生命捍卫的国土被他人践踏？只是她到底是不甘愿啊，只是她到底还是会难过。

不知不觉间，已是泪流满面。

"小姐，小姐。"茶寮外急匆匆跑进一人。

盛七歌连忙扭身擦干脸上的泪，回身时已经换上一张笑脸："什么事？"

丫鬟翠羽一脸焦急地跑过来，见她眼眶红红的，心里微微叹了一口气，估摸着小姐又想起魏公子了吧！

"看什么呢？到底什么事？"盛七歌伸手掐了翠羽的脸颊一把，一边理了理颊边被风吹乱的碎发，一边往早就候在不远处的马车走去。

翠羽撇撇嘴，连忙跟上："如小姐所料，本家的几个长老听说小姐私自挪用了那么多精米给朝廷，正在司法堂大发雷霆呢。"

"是吗？"盛七歌抿唇冷笑，目光幽幽地看着头顶蔚蓝的天，看来盛家是该进行大洗牌的时候了，不然那些不注重生产，又一心想将她拉下马的米虫早晚会把盛家蛀空的。

第二章
CHAPTER
02

长
安
之
惑

（1）软禁

两个月后，安定战事趋于稳定，一年一度的长安商展正紧锣密鼓地筹备着。

盛七歌带着永和米行新培植的珍珠翡翠米去长安参展，意图拿下这一年份宫中贡米的供应资格。

永和米行遍及全国，光长安就有三家分号，盛七歌临行前已经着人打理好长安西郊的一处宅子，大队人马一进长安就直奔西郊的梦园。

刚刚安顿好了随行人马，盛七歌还没来得及喘口气儿，门外的小厮来报，晋王慕容嵩府上递来了帖子。

"是凤楼啊！"盛七歌看着烫金的帖子笑眯眯地道。一想到凤楼，心里顿时多了丝暖意。盛七歌少时与父经商，在蓟州时结识了凤家长女凤楼，两人意气相投，很快成了无话不谈的闺中密友。去年端午，凤楼嫁给了刚刚从西燕归来的晋王慕容嵩。

"小姐，我一进城就听说，晋王和王妃关系很好，恩爱非常啊。"翠羽一脸羡慕，一边说一边偷看盛七歌的脸色。

"小丫头开始思春了啊！"盛七歌打趣道，说完回头命人准备马车，一想到马上就能看到凤楼，心里多少有些期待。

与此同时，盛七歌等人一进长安，太子府里就收到了消息。

书房里，慕容锦夜正在看公文，尹维"砰"的一声推门闯进来："公子。"

慕容锦夜从桌案前抬起头，挑眉看着尹维："你就不能改改你的性子？"

尹维干巴巴地笑着，摸了摸鼻子："我这不是听说盛七歌也进京了嘛。这丫头上次在永州可是没少为难咱们，还搞什么下田插稻苗，你不会忘了被蚂蟥咬的感觉吧！这口恶气得出一出啊！"其实他就是有点好奇，慕容锦夜那么个清冷的人，为何对盛七歌如此纵容？难道真的有点什么内情？

"收起你那点心思。"慕容锦夜抿唇一笑，清俊的眉眼带着丝不易察觉的希冀，想起盛七歌，心里竟然还隐隐带着些期待。从永州离开后一别两个月，不知道现在她是什么样子？

回想起她在田埂间戏弄自己的样子，他忍不住笑了："不过会一会盛家的掌柜的，倒是不错。你去安排下。"说着，他又开始埋首桌案。

尹维奸笑着看着他隐藏在唇角的笑，嘴角抽了抽还是忍住了。这家伙也太会装了，明明心里惦记着人家，还要装出清高的样子，谁不知道从安定回来后你着人查了盛七歌，谁不知道你偶尔会看着探子送上来的有关盛七歌的密报发呆，谁不知道你偷偷查了魏恒，谁不知道你了解到魏恒和盛七歌的过往时脸上那种既厌弃又羡慕的表情？呵呵，千年铁树开花也不过如此吧！

尹维兀自好笑，没看见对面的慕容锦夜眼中闪过一丝寒光，握笔的手微微紧了紧。就在刚刚，探子来报，盛七歌带着贴身婢女去了晋王府。

晋王府的王妃似乎和盛七歌关系匪浅啊！

盛七歌被丫鬟领着经过花园的时候，听见了一阵悦耳的箫声。此时正值牡丹盛放，大团大团锦簇的牡丹丛中，那人穿着一袭紫色的长袍，墨发如瀑，整个人慵懒地倚在凉亭的梁柱上，白玉般的手握着玉箫，幽幽的箫声如绵延不绝的泉水般流泻而出。

听见她的脚步声，箫声戛然而止，慕容嵩挑眉看着牡丹丛外的红衣女子，俊秀的脸染上了一抹笑意："盛姑娘？"

盛七歌微微一愣，看清他的眉眼，确实与慕容锦夜有那么几分相似，便猜到他的身份，笑道："草民见过晋王。"她以前听人说过，慕容嵩早年被皇上送到西燕做质子，最近被迎回长安并封为晋王。凤楼成婚时她人在蓟州，所以没见过慕容嵩，如今一看，倒是丰神俊朗，只是眉眼中多了丝阴晦，让人有种被豺狼盯住的感觉。

这人肯定不是善茬。

她正在心里暗忖，这时回廊里传来一阵脚步声，一个花蝴蝶一般的身影翩然而至，凤楼大老远就开始狂奔："七歌！"

盛七歌冷不防被她扑个正着，差点摔进花丛里。

"王妃，别这么热情啊，小女子可吃不消。"

"呵呵。盛七歌，几年不见，你还这么牙尖嘴利啊！"凤楼娇媚一笑，翘着兰花指挑起盛七歌的下巴，上上下下打量着，"不错，气色很好啊。"

"哪里好了！一路奔波，整个人都快要虚脱了，真恨不能睡上三天三夜。"此话一出，一旁的翠羽跟着偷笑起来。

"凤儿，你这可是唐突了客人。"慕容嵩突然出声打断两人，走过来揽住凤楼的肩，宠溺地点了点凤楼的鼻尖，"你呀，别光顾着叙旧，不请人去大厅坐？"

"啊！我忘了。"凤楼一副小女人的撒娇模样，立即伸手拉过盛七歌的手往内宅走。

慕容嵩一路跟着二人，目光始终若有所思地看着盛七歌的背影。

久未见面的两个小女人叽叽喳喳聊起来没完没了，等回过神儿的时候，已经错过了午饭时间。

在晋王府用了晚饭，席间慕容嵩因为有事离开，两个女人搬着椅子在院子里小酌。

过了掌灯时分，盛七歌开始有些醉意，面前的凤楼亦是醉意朦胧。翠羽见她这副模样，担心地说："小姐，你别喝了，醉了怎么办啊？"

"七歌，你这丫鬟怎么还是一点儿也没变，跟个老妈子似的。"凤楼笑嘻嘻地挽着盛七歌的手，端着酒杯往她嘴边送。

"呵呵，也是也是。"盛七歌笑嘻嘻地饮了酒，眼神越加迷蒙。等过了三更，月上柳梢，只觉得一股热气顶着胸口，整个人往桌上一趴，便不省人事了。

"喂，小姐，小姐！"翠羽急得差点哭了，可怜兮兮地看着对面也醉醺醺的凤楼："楼姑娘，这，怎么办啊？"

凤楼手一挥："怕什么，我……我这就……派人送她去厢房。"说着，也不知道从哪里冒出两个膀大腰圆的嬷嬷，分立左右架着盛七歌就走。

次日，盛七歌醒来时，发现自己置身一间装饰朴实的厢房。

"翠羽？翠羽！"她一边揉着发痛的脑袋，一边往外走，等走到门口一推门，才发现门被人从外面锁上了。

盛七歌心里一空，自己这是被软禁了？

想明白了，她便坐下来等着凤楼或者晋王来见她。近来晋王动作频频，在朝堂上积极政事，已经有与慕容锦夜并驾齐驱的势头，现在把她囚禁，难免不是记恨盛家对慕容锦夜施以援手，或者是要拉拢盛家？还是……

她不敢想，现在盛家内部纷争不断，难保不是有人暗中傍上晋王，想要借此机会除掉自己。

那么，她现在处境便危险了。

一整天，除了送饭的嬷嬷，盛七歌既没有见到凤楼，也没有见到晋王。直到过了掌灯时分，万籁俱寂，她躺在床上翻来覆去睡不着，门外传来一阵细碎的脚步声，极其轻微，又好像是刻意要她听见一样。

"翠羽？"她猛地从床上跳下来，冲到门边。门口传来一阵轻轻的叹息声。

"是翠羽吗？"

"是我。"陌生的男声响起。

她微微一愣，好一会儿才想起来在哪里听过："慕容锦夜？"太不可思议了，他为什么会在这里？

隐在黑暗中的慕容锦夜抿唇一笑："是我。"

"你怎么在这里？"这是晋王府，他竟然敢夜探晋王府？

"我这不是还你人情来了吗？"其实盛七歌一进晋王府，他就命人暗中观察着了，得知她晚上没有回梦园，心里便有些担忧。今日一大早，探子报告，说晋王进宫参加宫中女眷举办的菊花宴，梦园的轿子从角门出去，在城里绕了一大圈后又回到晋王府，便知道慕容嵩是背着凤楼把盛七歌暂时软禁在晋王府了。其目的，不外乎是想要拉拢盛家背后的势力。

盛家表面上看着风光，其实内部斗争极为激烈，最近慕容嵩暗中接洽了不少盛家的激进派，如今盛七歌来长安，他肯定会出手，极尽所能帮着激进派把盛七歌拉下马。

盛家若是真的依附了慕容嵩，朝中局势势必对慕容锦夜大为不利。

盛七歌背靠着门板，目光灼灼，心中好笑："那你打算怎么救我出去？你一个人进来容易，带着我，不怕被抓？"

"当然怕啊！"慕容锦夜笑道。这时，一队侍卫从远处的回廊巡视过来，他连忙飞身上了屋脊，等那队侍卫离开之后才跳下来，从怀里掏出一根银簪插进锁孔。

"哗啦啦"一阵轻响，铜锁开启，慕容锦夜猛地拉开门，盛七歌已经快步冲了出来。

"快走。"他伸手拉着盛七歌的手，冰凉的指尖碰到她温热的掌心，一股战栗瞬间从相贴的皮肤传递到心里。

无暇顾及这一刻微妙的感觉，他单手拉着她的手，快步奔走在夜色下的晋王府中。

（2）米仓失火

眼看就要跑出内宅，四周突然亮起火把，数十名弓弩手将整个花园团团围住。

"什么人？竟敢夜闯晋王府？"弓弩手从中间分开，慕容嵩和尹维先后走了出来。

一见黑衣黑裤的慕容锦夜，尹维抱歉地一笑。不是他没拖住人，而是人家早有防备。

慕容锦夜敛着眉，长发在夜风中飞扬，清俊的脸上漾着一丝浅笑，那笑容不深不浅，看人的时候总是温润如水，却又带着淡淡的疏离。

盛七歌突然就不怕了。她安然地站在慕容锦夜身旁，想看看他现在要怎么办。

"大哥？"慕容嵩挑眉看着对面的慕容锦夜，即便是恨不能扯下他脸上那副清冷的表情，却也只能一再压抑隐忍，只因他是后齐的太子，而自己不过是个小小的王爷。

同样是父皇的儿子，慕容锦夜是身份尊贵的太子，从小万千宠爱，而他慕容嵩呢？少时便被送到西燕做了质子，忍辱负重多年，如今终于可以回到长安，却依旧只是个身份尴尬的王爷罢了。不得重用，谨小慎微，步步为营。

心中一阵悲凉，他阴郁地看着慕容锦夜，薄唇抿成一条直线："不知大哥深夜造访，所为何事？"他的目光掠过慕容锦夜看着盛七歌，心里闪过一丝恨意。

他虽然料到尹维突然造访，必然是为了救盛七歌，只是他没想到慕容锦夜竟然会亲自来救人。真是可笑，一国太子，竟然为了一个女人夜访晋王府，难道他真的以为，晋王府是任人踩踏的地方吗？

慕容锦夜抿唇一笑，姿态说不出的优雅，一点儿也没有做贼心虚的样子，反而明目张胆地转身牵起盛七歌的手，把她拉到跟前，抿唇轻笑。

"七歌与我闹了些别扭，一气之下便应了你家凤楼的帖子，来晋王府做客，为兄这不是偷偷来赔罪了。"

话一出口，所有人莫不瞠目结舌，视线齐刷刷在二人身上来回流转。

"扑哧！"还是尹维没忍住，笑着指着盛七歌道，"哎呀，七歌妹子，你就别生气了，太子没去城门口迎你，确实是有公务在身，你说你来晋王府做客就做客吧，也不至于夜不归宿啊，咱们太子爷可是整整担心了一晚上，这不，都扮成黑衣人来给你道歉了，我看就算了吧！"

盛七歌敛眉看着尹维，强忍着憋住笑，轻咳一声："晋王见笑了。"要演戏嘛，当然是越逼真越好，总不能辜负了慕容锦夜的一番苦心。

慕容嵩看着三个人你来我往唱双簧，气得剑眉倒竖，却又无可奈何。

一时间，偌大的花园里鸦雀无声，慕容锦夜淡然地看着慕容嵩，不急不躁，好似完全不把周围的几十名弓弩手放在眼里一样。

"七歌，还生气吗？"他突然低眉顺目地看了眼身旁的盛七歌，旁若无人地伸手点了点她冰凉的鼻尖。

昏黄的灯光下，她的脸有些发白，额头渗出微微的细汗。他细心地拿出帕子擦拭她的额头，只觉得鼻端飘来一阵淡淡的茉莉香。

"夜已深，为兄就不打扰了，待凤楼从宫里回来，就劳烦你跟她说一声，我带七歌先回去了。"慕容锦夜说着，伸手揽住她的肩，旁若无人地往前走。

一旁的弓弩手没有慕容嵩的指令不敢妄动，只能眼睁睁看着慕容锦夜领着盛七歌出了花园。

"喂，等等我啊。"尹维一看没自己什么事了，笑眯眯地朝晋王点了点头，也匆匆跟了上去。

风灯摇曳，把慕容嵩脸上的表情映得越发狰狞，他就像一条蛰伏的饿狼，准备随时扑过去狠狠咬住猎物的脖子。

一旁的侍卫眼看慕容锦夜就要走出晋王府，冲动地举起手里的弓弩。

"不要妄动。"慕容嵩一把拉下他的手，"全都散了，今日的事，不可对王妃提起。"

"可是……"

"闭嘴！"

还不是动手的时候，还不是时候。他一遍遍在心中呢喃，垂在身侧的手死死地握着，尖锐的指甲划破掌心，殷红的血从指缝间缓缓渗出。

出了晋王府，盛七歌提着的心总算落了下来，伸手一抹额头，发觉竟然出了一层冷汗。

她还以为自己这次凶多吉少呢，没想到还能安然从晋王府出来。

"现在知道害怕了？"慕容锦夜挑眉看她，黑袍裹着的身体斜倚在门口的石狮上，月光从背后洒下，仿佛在他身上裹了一层薄薄的轻纱，似真似幻。

盛七歌迷惘地看着他，好像今天的他跟初见时相差太多，一时间竟然生出一丝陌生的感觉。

"怎么？被猫咬断了舌头？你不是很伶牙俐齿吗？"

伶牙俐齿也不是用在这个时候啊！盛七歌狠狠瞪了他一眼。

这时，尹维已经追了出来："喂喂，我说，你们俩也等等我啊，好歹我这大半夜不睡觉陪着你们演戏，没有功劳也有苦劳吧！"

"少爷，少爷您可算是出来了。"早就等在门口的尹府车夫一见尹维出来，连忙喊道，"少爷，您还是赶紧回去吧，您半夜跑出来，老太君气得要请家法了，小厮来回跑了三趟了。老太君说了，您要是五更还不回去，明天就要童宣姑娘直接住进鸣鹤宣。"

盛七歌莫名其妙地看着尹维火烧屁股似的跳上马车，忍不住扭头看向慕容锦夜。

慕容锦夜抿唇一笑，目送尹维的马车消失在长街尽头："尹家老太君最近给他相了一门亲事，那姑娘前几日已经在尹府小住。只可惜，他心中早有他人。"

盛七歌没想到尹维竟也是长情之人，心中忍不住叹息，抬头望着漆黑的夜幕，想起魏恒，心中亦是一阵落寞。

慕容锦夜将她眼中的悲伤看进眼底，微敛的眉眼中闪过一丝莫名的情愫："这世间的事，从来都是命运弄人，并非你想抗争便能有所改变。比如尹维，比如你，比如我，比如魏恒。"他轻轻拍了拍她的肩，语气轻柔得仿佛初夏的风，带着些许灼热。

盛七歌微微仰着脸看慕容锦夜，他的表情温柔中带着丝淡淡的疏离。

也许她此时此刻还听不懂他话中的意思，但在不久的将来，她终将知道，人生漫长，也终究抵不过一句造化弄人。

慕容锦夜执意要送她回西郊的宅子。两人漫步在空旷的街头，偶尔有夜枭嘶鸣，倒显得平日里喧闹的长安一下子萧瑟了许多。

两人沉默不语，修长的影子不时交叠，仿佛两人的命运，终将因为今夜的动荡而纠缠在一起。

路不长，却走了快半个时辰，脚有些发软，又微微刺疼。盛七歌心中苦笑，扭头看了眼面不改色的慕容锦夜，笑道："到了。"

慕容锦夜凝眸看了眼夜色中的大宅，两盏明灯挂在漆红的大门前，小丫鬟缩着单薄的身子站在门前，手中的引路灯被吹得沙沙作响。

一见到盛七歌，翠羽的眼眶便红了，跌跌撞撞地冲过去："小姐，小姐你可算回来了。"

盛七歌被她扑了个满怀，不禁翻了个白眼："这不是回来了吗？你说说，怎么回事？"

翠羽吸了吸鼻子，惊魂未定，脸色依旧苍白："昨日小姐喝醉了，第二天我起来要伺候小姐洗漱，也不知从哪里冒出两个嬷嬷，架着我上了咱府上的轿子，在城里转了两圈把我送回府，说是小姐跟王妃进宫了，晚些时候回来。"说着，她抬手抹了把眼泪，"小姐，我还以为，还以为……"她剩下的话被盛七歌用眼神逼回去了。

"得了，没事，没事。"说着，盛七歌拍了拍她的肩，扭头面对慕容锦夜，说："今晚多谢太子相救。就当还了我当初在永州的人情。"她断然不会以为慕容锦夜对自己有什么特别之处，之所以亲自救她，一是想阐明他支持她执掌盛家的生意，二来，谁说皇家男子不会用美人计呢？

小时候阿爹说，要想牵制一个女人，最有效的办法就是抓住她的心。可她的心，早已放在他人身上。

"不好了，不好了，仓库失火了。"宅子里突然闹腾起来，后宅加盖的仓库上空冒出滚滚浓烟，火势蹿得很快，转眼间已经映红了半片天空。

"珍珠翡翠米!"盛七歌惊呼一声,顾不得思索,一把推开翠羽就往宅子里冲。

事情发生得让人措手不及,本来刚刚安顿好院子的人手,这一失火,管事的忙得焦头烂额,盛七歌冲进去一边指挥救火,一边看着被映红的天际发呆。

这火起得未免有些蹊跷。

炽热的火舌舔着天际,火星子噼啪乱飞,空气被蒸烤得灼热,扑在脸上滚烫一片。她安静地立在火场外,心里却越发难以平静。珍珠翡翠米一旦有个闪失,参展无望。若今年的贡米份额落到永和米行以外的米行,不仅年利润会大幅下降,永和米行的声誉受损,家族里的那些老蛀虫势必要趁势把她拉下马。

"翠羽。"

"小姐。"

"去找两床棉被来。"她凝眉看了眼火场,薄唇抿成一条直线。

"小姐。"翠羽担心地看着她。

"快去。"盛七歌秀眉微挑,带着些少有的煞气,翠羽吓得一缩脖子,不甘不愿地去找棉被。

嘈杂的人声在耳畔响起,热气扑面而来,她静静地看着。

府里的下人们纷纷救火,火势虽然被控制住了,但是仓库里的粮食干燥易燃,若是不能及时抢救,怕是⋯⋯

她不敢往下想,要知道仓库里还藏了她最为看重的黄金稻。珍珠翡翠米只有和黄金稻在一起蒸煮才能催发出其本身独特的香气,二者缺一不可。

黄金稻，稻如其名，珍贵非常，她用了三年的时间才只种出了十石。

"小姐，棉被。"翠羽抱着棉被跑过来。

"水！"她一把接过棉被铺在地上，转身抢过一名家丁手里的水桶，把水全部倒在棉被上，一桶又一桶，直到棉被全被浸湿，她才将其披在身上。

翠羽吓傻了眼，见她往火场里冲，惊慌地一把拉住她的手："小姐，你要干什么？"

"放手。"她一把挣开翠羽的手，目光灼灼地看着仓库的方向，"黄金稻和珍珠翡翠米藏在仓库的密室里，别人没有钥匙，也找不到。"说完，她就转身奔向了火光烈烈的前方。

（3）慕容锦夜受伤

盛七歌一进仓库，就感觉浓烟呛得嗓子发疼，整个人像被丢进火炉里一样，连手里的青铜钥匙都被火烤得炙热，烫着掌心微微发疼。

她很快找到了密室的石门，打开门，火舌一下子蹿了进去，她连忙冲进去，从角落里拖出一只粗麻米袋，吃力地背起来就往外跑。

这时，跟着冲进来的小厮也纷纷扛起麻袋往外冲。

火舌舔着湿漉漉的棉被，空气中弥漫着一股焦煳的味道。盛七歌顾不得被烤得发疼的脸，眼看就要冲出仓库，便听到有人在后面喊了一声："横梁塌了，小姐，快躲开！"

什么？

迈开的脚步一顿，没等她回过神，便觉得眼前一阵火光闪过，身子被人从旁边猛地扑倒。

"小姐！"

"救人，快救人！"

耳边一阵喧哗，等她回过神儿，才发现一只大手压在她的眼眶上，温热的气息轻轻喷洒在颈间，胸腔里跳动的心几乎快要冲出喉咙。

"魏恒？"她有些神志不清地唤了一声。

压在身上的人身体微微一僵，出声问："你没事吧？"

不是魏恒。是啊，怎么会是魏恒呢？她失望地想，以至于忘了所处的境地，直到那人灼热的掌心捧起她的脸："你还好吗？"清冷的嗓音带着点愤怒，似乎在指责她的冲动。

她猛地甩开他的手，抬头望去，是慕容锦夜略微苍白的脸。

火舌蔓延，空气中弥漫着一种肃杀的气息和一股浓郁的焦煳味。

"你怎么来了？"

慕容锦夜抿唇不语，看了她一眼，艰难地翻身从她身上下来："我的腿被压住了。"

什么！

盛七歌爬起来一看，半根横梁压在他的右腿上，火舌已经烧到他的绸裤。

"该死的。"她火速解下身上的棉被往他腿上拍打，一边灭火一边朝身后的人喊："救人，快把横梁搬开。"

慕容锦夜沉默不语地趴在地上，安静得仿佛没有气息一样。空气中传来她急促的呼吸声，几个小厮已经冲过来将压在他腿上的横梁搬开。

当一行人跌跌撞撞地冲出仓库的时候，借着漫天的火光，盛七歌才看清被人架着出来的慕容锦夜。之前的清冷飘逸不再，他脸色惨白地站在她对面，目光幽深地望着她。

她觉得自己该说点什么，可张了张嘴，才发现一个字也吐不出来。

"我从来不知道，永和米行的掌柜是这样冲动的人。"慕容锦夜抿唇看着她，清冷的眸子里蓄着一股怒气。

盛七歌心虚地缩了缩脖子，低头看了看被救出来的几石黄金稻和珍珠翡翠米，不禁大大松了一口气。

"盛七歌。"慕容锦夜突然伸手扯住她的手，见她满脸乌黑的滑稽模样，忍不住长长叹了口气，"这次，是你欠了我一个人情。"

盛七歌一愣，随后"扑哧"一声笑了："来人，赶快找大夫。"

"送我回府吧！"慕容锦夜沉着脸，怏怏不乐地看了眼火光冲天的仓库，"我会着人调查失火原因的。"

第二日，太子府果然差人过来，说是昨晚失火的事有了些眉目。

纵火的是看守仓库的一名小厮，现在人已经死了，尸体是在后院的一处枯井里发现的。另外在他的住处还找到了两只装桐油的木桶。

线索查到这里戛然而止，这小厮在宅子里做事已经有些时日，家人几年前就死光了，尸体被太子府的人送到刑部，等着进一步调查。

盛七歌一大早就带着补品去太子府探病，人一进天井，便见慕容锦夜正背对着她坐在轮椅上跟一群丫鬟、婆子对峙。

"殿下，你还是喝药吧，不喝药，这腿如何能好？"从小侍候慕容锦夜的奶娘苦口婆心地劝诫，一边要一旁的小丫鬟把药碗端过来。

"奶娘，你这是为难我。"慕容锦夜似乎并不吃这一套，看着那碗黑乎乎的药汁连连皱眉，"奶娘，别逼我。"

"殿下，真的不苦，老奴给你备了糖莲子。"奶娘说着回身，从丫鬟手中的托盘里拿起一小碟糖莲子，"我记得太子小时候每次吃药，只要吃颗糖莲子就好了。"

慕容锦夜的脸颊微微泛红："奶娘，我长大了。"

"长大了生病也得吃药。"奶娘依旧笑眯眯的，富态的身体一点点朝慕容锦夜逼近。

"奶娘，你再过来，我可要生气了。"慕容锦夜抿着唇，一脸嫌弃。

"那你把老奴打进天牢，要么赶出太子府。"奶娘也怒了，看着不肯乖乖喝药的主子，一边心疼，一边又觉得好笑。谁能想到，向来稳重清冷的太子会害怕喝药呢？

慕容锦夜无力地看着奶娘，又看看药，忍不住苦苦哀求："奶娘，我没事，真的。"

"奶娘不信，腿都骨折了。"

抗议无效，奶娘继续逼近，眼看慕容锦夜的脸就要沉得滴水了，盛七歌终于忍不住轻咳一声，引来众人的侧目。

慕容锦夜搭在轮椅上的手微微一颤，白皙的耳垂有些发红。

"探病啊！"盛七歌憋着笑，把手里的锦盒塞进一旁的管事手里，"千年血参加黑玉断血膏。"

慕容锦夜转动轮椅面对她，目光在触及管事手里的大红锦盒时，眉头不

自在地动了动。

"把它拿走。"阴森的语气带着嫌弃，看盛七歌的眼神也冷了几分。

盛七歌不以为意地笑，低头看着他裹着厚厚纱布的腿，心中还是感激的。不管他出于什么目的救她，她都欠了他一个人情。

而这世间什么都可以欠，唯独这人情债不好还。

慕容锦夜不知道这莫名蹿起的情愫是什么，想到她险些被横梁砸中的刹那，心里微微揪紧了一下，可想到她当时那声轻唤，心情却又沉了几分。

她以为救她的是魏恒？

一旁的奶娘见二人间流淌着几丝微妙的情愫，秀眉挑了挑，犀利的目光上上下下打量着盛七歌。

"奶娘，你先下去吧。"慕容锦夜察觉到奶娘身上散发出的敌意，伸手拍了拍她的手，"我没事。"

"没事要坐轮椅吗？殿下赶紧喝了吧！老奴先下去了。"奶娘说着把药碗往他手里一塞，这才带着一众丫鬟、婆子纷纷退出天井。

慕容锦夜苦着脸端着药碗，骑虎难下地看着憋笑憋得很是痛苦的盛七歌："想笑就笑吧！"

盛七歌发誓，她是真不想笑的，可是没忍住。

慕容锦夜吃瘪的样子真的让她打破了对他的所有印象，忍不住感叹，原来再清冷的人也是人，在面对某些人的时候也会流露出不一样的一面。

第三章
CHAPTER
03

公 子 如 玉

（1）斗米夺魁

当晚，盛七歌大张旗鼓地住进太子府，隔天，整个长安的大街小巷都传遍了，说永州米商盛七歌是名克夫女，不仅抛头露面做生意，年初还克死了未婚夫，如今进了长安城，又与太子关系暧昧。一时间，整个长安城的大街小巷都在谈论这位永州奇女子，"盛七歌"三个字俨然成了整个长安百姓茶余饭后的最佳谈资。

"小姐，你怎么还有心思喝茶呢？这几天长安城里可都传遍了，小姐你就不着急？"翠羽恨铁不成钢地看着自家小姐，外面明明已经狂风暴雨，为何她家小姐却还是一派悠然？

赏花品茗，悠闲得让人恨不能敲开她的脑袋看看里面到底有没有那根名叫紧张的弦。

"人家爱说，你还能堵了他们的嘴？"盛七歌瞟了她一眼，放下茶杯，院子里的牡丹开得正盛，满眼的姹紫嫣红，让看惯了绿油油稻田的盛七歌心醉不已。

翠羽急红了眼，一把抢下她手里的茶杯："小姐，你都不知道，这外面传得有多难听。"

盛七歌秀眉挑了挑，忍不住叹了口气，苦笑道："无外乎说我不顾女子名节抛头露面，抑或是克夫克母，还能有什么？"她还能有什么可以被拿来诟病的呢?

翠羽心疼地看着她:"小姐。"

"知道你心疼我,可这是长安,若在永州,我还能说我抛头露面使永和米行生意兴隆,在长安,多说多错,少说少错。有人能一夜之间把流言散布整个京城,必是有所图,等着就行了。"说着,她从磁盘里拈起一块桂花糕送进嘴里,"呸呸,难吃。"

"小姐。"

"又干吗?"她只想安安静静吃个茶点,这丫头怎么就那么多事?

翠羽忍不住翻了个白眼,一把抢过她手里的糕点:"难吃就别吃了,难道小姐忘了今天是什么日子?"

盛七歌"扑哧"一声笑了,伸手捏了捏她的脸蛋:"原来你是担心这个啊,不就是商展的开展日吗,忘不了,一早就要人准备好东西了,等我喝了这盏茶再去也不迟,须知这好东西,往往都是放在最后展出的。"

"我看你是故弄玄虚才对。"一声朗笑从回廊尽头传来,尹维笑眯眯地推着慕容锦夜走近。

"我当尹公子忙着家务事,无暇顾及商展呢。"盛七歌笑道。

尹维不自在地抿了一下唇角,眼神飘忽地落在她手中的茶杯上。

羊脂白玉的茶杯里装着淡红色的茶汤,淡淡的茶香弥漫整个花园,几乎把牡丹的香气给盖了过去。

"这是什么茶?"

"祁门红茶。"慕容锦夜笑道,目光灼灼地盯着盛七歌,"这茶每年只产三斤,进贡二斤,剩下的一斤多数是茶园主自己留着,可说是万金难求的茶

中之王。"

"讨茶就讨茶,哪来那么多废话?"盛七歌翻开两只玉杯,缓缓地注入茶水,淡红的茶汤荡漾,香气经久不散。

"好茶,好茶。"尹维抿了一口,赞叹不已,扭头看着慕容锦夜打趣道:"你一堂堂太子,也没见你府里有这种极品。"

慕容锦夜一笑,低头抿了一口茶:"的确是好茶。"

三人饮完一壶茶,时间已经过了正午。盛七歌开始招呼随行的几个米行管事准备去玄武街的长安商展会场。

尹维撺掇着慕容锦夜一起去,到最后,一行人浩浩荡荡赶到商展的时候,已是一个时辰后的事了。

长安会展本是由朝廷组织协办,协办的官员一见慕容锦夜和尹维,便将二人直接拉到二楼的雅间,盛七歌则带着人赶往一楼的展位。

今年参加商展的商户比去年少了许多,主要原因还是和战乱有关,安定之战打了这么久,劳民伤财,许多商户都被迫关门,丝绸、茶叶等货物流通也越发艰难,所以,今年的商展倒显得有些萧条。

盛七歌来到米商的展位,今年参展的米商同样不多,小的米行不敢打贡米的主意,大米行除了永和米行外还有荣升米行,以及有些由官府暗中把持的米行。不过涉及贡米,实力在伯仲之间的还是永和米行和凤家的荣升米行。

说起荣升凤家,其实便是凤楼的本家,两家早年有些渊源,到本朝,因为凤家逐渐涉足朝堂之上的皇权争斗,两家便日渐疏远,甚至最后略有些针锋相对的势头。

好在这些并未影响到盛七歌和凤楼之间的感情,两人从小相识,少时凤楼还救过盛七歌一命。

盛七歌到的时候，荣升米行展出的银针精米一出场就先声夺人，米粒剔透饱满，双手插进米桶中，可以感觉到稻米从指缝间游走的润滑。

一旁的试煮厨娘端着圆木木桶站在展位前，煮熟的米饭散发着诱人的香气。

盛七歌要人准备好珍珠翡翠米，然后将米分成三份装桶，又要试煮的厨娘取三分米，加了一分黄金稻，用泉水淘洗、蒸煮。两炷香的时间过去了，当厨娘端着圆木木桶从后面的厨房出来的时候，一股浓郁的稻香慢慢弥散开来，清香中带着一股悠远的草香，桶里的米饭绵软金黄，仿佛一粒粒饱满的黄金。

这时，楼上的协办官和几个试吃的食客从二楼下来。盛七歌微微抬头，尹维也在其中，而慕容锦夜，他正由下人扶着站在二楼的围栏前，幽深的目光看着她，眼中带着笑意。

她得意地朝他抿了抿唇，转身用翡翠玉盘盛装米饭，再一一分发到试吃的客人手中。

几名食客刚想动口，盛七歌突然出声打断他们的动作，转身从一旁的翠羽手中提起一盏琉璃壶。尹维诧异地看着那壶，不正是刚刚自己喝过的祁门红茶？

二楼的慕容锦夜饶有兴致地看着盛七歌给几人一一奉了杯茶，示意他们先喝茶去掉口中余味，而后才食用掺了黄金稻煮熟的珍珠翡翠米。

每个人脸上的表情皆不同，唯有尹维眼露惊愕，目光扫过盛七歌，暗暗竖起拇指。这米味道清新，入口绵柔，有一股淡淡的稻香，这还作罢，总觉得那米粒入了口，便犹如金箔般带着一种华贵之感，余味绕舌久久不散。

黄金稻和珍珠翡翠米的结合果然无异议地夺魁，永和米行有惊无险拿下今年为皇宫提供贡米的资格。

二楼的慕容锦夜一直低头看着人群中的那一抹嫣红，她巧笑嫣然，运筹帷幄，八面玲珑，只觉得无论是哪一面，都充满着一种旺盛的生命力，带着蓬勃的生机，像一株傲世的寒梅，独自绽放，不畏严寒。

"看呆了？"尹维一上楼，便见慕容锦夜看着楼下的盛七歌发呆，笑着拍了拍他的肩，"你不会真的动了她的心思吧。若能娶了她，自然是能得到盛家的支持，对你登基有极大的好处。可一介商户之女，要想娶为正室，皇上怕是不允。"士农工商，商人向来为人诟病，又是个如此风光无限的女人，能安于困在深宫之中吗？

慕容锦夜讶然地扭头看他："你怎么会这么想？"

尹维一笑："你的眼神告诉我的，你对她有些不一样。"

是不一样，可也只是试探而已。可他没必要跟别人说。慕容锦夜摇头轻笑："你想多了。"说着，示意小厮扶着他下楼。

站在楼梯口，隔着涌动的人群看她，他眼中闪过一丝流光。

盛七歌应付完几家米行老板，瞅着空当从后门溜了出去。

已经是初夏，过了晌午，空气中依旧残留着些许炽热。她沿着喧闹的街市行走，感受着长安的繁华，心底却没由来地空荡荡的。

她想起魏恒，想起那个意气风发的少年，心底生出一丝怆然，然后一点点扩张，一点点弥漫。

她能感觉到慕容锦夜灼灼的视线，亦能感觉出他刻意营造出的一丝暧昧。长安的流言，多半是他要人散布的。

可那又如何呢？

意图用流言和美色俘虏她吗？

若她心中无人，若她在那么多年前没有遇见魏恒，若她不是永和米行的掌柜的，或许，她也会偶尔迷失在他深邃的目光中吧！

思索间，前方的人群中传来一阵喧哗。她循声望去，便见一名穿着藏青色锦缎长袍的男子被失控的马车碰倒。

男子手拿着根盲杖，微微敛眉，精致的五官有着一种病态的苍白，仿佛浸了水的白纸，脆弱得轻轻一点就破了。他微微侧着脸，紧抿的唇角溢出一丝苦笑，仿佛历尽世间沧桑，再也不能有什么可以撼动他脸上凉薄的表情。

是他！

那张脸，她一辈子也不会忘，那双眼，即便是无神的，没有焦距的，她也不能忘，曾经，他曾那么深情款款地看着她，许下一世白头的诺言。

魏恒！

心里仿佛有什么轰然倒塌，等她回过神儿的时候，竟然已是泪流满面。

那是魏恒，是她挂念了无数个夜晚的男人。

她张了张嘴，有什么卡在喉咙里，上不去，下不来。

"魏恒！"久久，久到她自己都不知道过了多久，喉咙里才干巴巴挤出两个字。

男人微微挑眉，扭头向她的方向看过来，无神的眼对着盛七歌，这一刻，她才猛然发现，他的眼睛没有任何焦距。

"魏恒，你的眼睛？"

她推开人群冲过去，只是从一旁店铺里走出的华服女子先一步扶起魏恒，素白的手轻轻拍掉他身上的灰尘："有没有受伤？"

魏恒清浅地笑了，酒窝若隐若现，神情安详平和，不见一丝怒意："没有。"他轻轻握了下女子的手，示意自己没事。

这时，铺子里陆陆续续出来几名丫鬟跟嬷嬷："公主，您没事吧？"

"哎呀，魏公子的手。"眼尖的丫鬟看到了魏恒擦伤的手，连忙惊呼道。

女人秀气的眉挑了挑，抽出绣帕压在魏恒的掌心，动作轻柔得仿佛对待易碎的瓷器。

盛七歌失魂落魄地看着人群中的一男一女，想抬脚走过去，脚下却仿佛绑着千金的石坠一样，无法移动半分。

许是感觉到人群中射来两道炙热的视线，魏恒扭头朝她的方向看过来。

"怎么了？"安南公主慕容琦顺着魏恒的目光看过去，看到人群里的盛七歌时，表情微微有些压抑。

女人天生就有一种直觉，或则说是一种极其敏感的领地意识。安南公主冷眼看着盛七歌，两人的目光于空中交汇，带着试探，带着漠然。

安南公主下意识地往魏恒身边靠了靠："咱们回府吧！"

魏恒笑着点了点头："要买的东西都看好了？"

安南公主淡淡一笑："看好了，不过几天后才能送到府里。"她说着，伸手挽住魏恒的胳膊，经年爱侣般姿态自然。

眼见着几人转身欲走，盛七歌冲过去一把拉住魏恒的手："魏恒，你的眼睛怎么了？"

"大胆，什么人？"一旁的嬷嬷大喝一声，伸手推开盛七歌，"你是什么人，胆敢冲撞公主？"

公主？盛七歌微微一愣，眼前的女子，莫非是长公主安南？

"魏恒。"她微敛着眉，心底的震撼足以让她忘记尊卑，目光越过安南看向魏恒。

她有太多话想问了。想问他为何没死，想问他为何不认她，想问他的眼睛为何会这样，太多太多，多到无法问出口，便只能一再地呼喊他的名字。

"魏恒，既然没死，为什么不来找我？为什么？"她尽量让自己平静，却只有自己知道，胸腔里的那颗心正无法控制地狂跳着。

"大胆，魏公子的名字是你可以直呼的吗？"那嬷嬷突然冲过来，伸手就朝盛七歌脸上打过去。

"啪！"清脆的巴掌声响起。

盛七歌微微一愣，抿了一下唇角，微眯的凤眸射出两道寒光，死死地盯着面前的中年嬷嬷。

"刁民。"嬷嬷莫名地感到一阵寒意，下意识地缩了一下脖子，抬手又要打过去。

盛七歌冷哼一声，一把抓住她的手，"啪"，手起手落，嬷嬷被打得踉跄着退了几步，难以置信地看着盛七歌。

"你！"

"滚！"盛七歌抿了一下唇角，淡淡的血腥味在口中弥漫。她冷冷地看着对面的魏恒："魏恒，到底发生了什么？"她需要解释，需要一个让她平息体内怒火的理由。

"呵呵呵！"安南公主突然笑了，笑声贯穿整个长街，让盛七歌心中升

起一丝不安，但她还是看着公主平静地说："我需要跟他谈一谈。"

"我若是说不呢？"安南讥讽地笑，"摆驾。"言毕挽着魏恒的手，由丫鬟、嬷嬷簇拥着离开了。

夏日的风带着灼热，盛七歌看着魏恒的背影，脸色微白，口腔里的血腥气弥漫开来，终是不及心口的疼。

可是，到底他还活着。活着，便比什么都好。

魏恒，我不信你可以逃避到永远，见面，并不太难。

她抿唇轻笑，容颜安详，眉眼中带着势在必得，完全不见颓废。她盛七歌的字典里，从来不允许有"退缩"二字。

（2）心意

太子府的书房里，一灯如豆，慕容锦夜慵懒地坐在书案后。

尹维一边喝茶，一边偷偷瞟着慕容锦夜，时不时调侃道："接下来你有什么打算？跟踪盛七歌的探子说，今天午后，这姑娘和你家长公主安南对上了，被打了脸，现在还没回来呢。"

慕容锦夜剑眉挑了挑，手里的毛笔一顿，素白的娟纸上晕开墨迹。

"你要说什么？"

"魏恒回来了。"

"然后呢？"

"你能不能别这么一副爱理不理的样子，一个本来死了的人突然活了，还出现在安南身边，你不觉得奇怪吗？他为什么不认盛七歌？怎么瞎的，你就不好奇？好歹他也是你的情敌吧！"

情敌？

慕容锦夜诧异地看着尹维，不知道自己什么时候流露出喜欢盛七歌了，连尹维这大嘴巴都以为自己对那丫头有意思。

"你想多了。"

"你别说你对那丫头没意思，我不信。若真没意思，何必留她在府中，又散播那些谣言，现在满长安的人都知道，你跟盛七歌之间关系暧昧。"

"那又如何？"

"你不会真的放任她去找魏恒吧！我可听说下午她在公主府外候了两个多时辰，你妹子可是连门都不让她进。"

倒是像她会做的事。慕容锦夜一笑："你就没别的事了？"

"我像是没事的人吗？你若真对她没意思，算我多嘴。"

"你向来多嘴。"

"公子，你越来越不讨喜了。"嘟囔一句，尹维自讨没趣地摸了摸鼻子。

打发走尹维，慕容锦夜若有所思地看着虚掩的窗棂发呆。这时，门外传来敲门声，随后奶娘端着药走了进来。

奶娘王氏是他母亲入宫前的陪嫁宫女，后来出宫嫁人，可惜没多久丈夫和儿子双双去世，母妃怜惜她孤身一人，便将她接入宫中做了他的奶娘。

慕容锦夜看着面前头发已经花白的老妇人，挥了挥手，示意她先出去。

"殿下，这药可一定要喝。"奶娘看着他手中的药碗，欲言又止的模样让慕容锦夜微微挑了挑眉。他放下药碗，笑道："奶娘可有话说？"

奶娘脸一红，好一会儿才道："关于盛姑娘的事，老奴也有耳闻。"

"哦？"

慕容锦夜饶有兴趣地看着她，犀利的目光如同十二月的冰凌，让她不由得微微缩了下身子，又不得不壮起胆子说道："殿下该知道，皇上的意思是要在殿下生辰的时候，娶张大人的嫡长女。"

敢情又是一个对他的感情多加猜测的人。慕容锦夜眯了眯眼，没说话。奶娘摸不清他的想法，也不知道是不是要继续说下去。

"行了，都是坊间的一些传闻罢了，盛姑娘的事，别再提及，也不要告诉母后。"他淡淡地道，"奶娘，你先下去吧。"

奶娘脸色微白，看了看那案头的药碗："可是药……"

"我会喝的。"慕容锦夜脸色一变，轻笑着指了指药碗旁边的糖莲子，"下次多准备点糖莲子，这药太苦。"

奶娘欣慰地一笑，转身出了书房。

见奶娘出了书房，挂在慕容锦夜脸上的笑容敛去，他伸手拿过药碗，手腕一翻，黑乎乎的药汁全数落进了床头的盆栽里。

"出来吧！"他朝虚掩的窗外轻唤了一声，便见一道人影慢悠悠地从窗台下站起来，微白的小脸上还带着殷红的指痕。

盛七歌尴尬地一笑："你早知道我来了啊！"刚刚她走过回廊，见奶娘端着药碗过来送药，便刻意躲避，准备等她离开后再进来见慕容锦夜，只是没想到却成了个偷听墙角的宵小了。当然，也更诧异，原来皇上准备把张大人的女儿嫁给慕容锦夜。心里莫名地闪过一丝不快，却被她很快忽略，只当是一种不经意的念头罢了。

"进来吧！"慕容锦夜抿唇轻笑，朝她伸出手。

"不了，有几句话，说了就走。"她站在窗外，隔着窗，微白的脸上表情凝重。

"那就别说了。"他佯装恼怒地说道，一转身，挂着拐杖往书房里间的内室走。

"喂，我进去还不行吗？"

背对着她的慕容锦夜抿唇一笑："走门。"

她本来也没打算跳窗啊！盛七歌转身绕到门前推门而入。

慕容锦夜的书房很大，除了书之外最多的就是修剪整齐的盆栽。书桌上放着字帖和折子，铺展的娟纸上晕染了一片墨迹。

这是她第一次踏进他的书房，跟他的人一样，处处透着清冷，让人心生不悦。这时，慕容锦夜已经坐在小几旁，斟了两杯茶，目光微敛看着她。

也不知道是不是她多心，总觉得慕容锦夜看她的眼神带了点别的什么，是怒意？还是试探？她定了定心神，走过去坐在他对面。

茶气升腾，晕染了他水墨般似真似幻的眉眼。

"你要说什么？"

盛七歌也是一时冲动才来找他的，可魏恒在公主府，她等了一下午也没能进去，如今唯一的办法只能是找他帮忙。

"我见到魏恒了，我的未婚夫，他没死，只是人在公主府，我需要见他一面。"

"你料定我一定会带你去见他？"慕容锦夜语气一沉，看她的目光带了一丝冷意，"我若是不同意呢？"他猛地站起来，修长的身体探过桌面，温热的气息就那么猝不及防地冲进她的鼻端，"盛七歌，你真不知道我的心思？"

盛七歌身子一僵，刻意忽略心尖那莫名的一颤，扭头避开他灼热的视线："我不懂你说什么。"

"呵呵！"轻笑一声，他抬起手，冰凉的食指挑起她略显消瘦的下巴，"盛七歌，你真的不知道？我以为你聪明绝顶，不会看不出我的心思。长安城里的流言是我差人散布的，我亲自去晋王府救你，不顾危险闯进火场，你以为，我堂堂一介太子，闲来无事，成天围着你打转？"

算计，陷阱，美人计。盛七歌拼命告诫自己别被面前的男人虏获了，可心里到底还是有了那么一丝松动。

"我不懂你说什么。"她一把挣开他的手，猛地站起来，"看来我是多此一举了，既然你不愿帮我，我就告辞了。"

"等等。"慕容锦夜突然站起来，伸手一把拉住她的手臂，"你就这么走了？"

盛七歌微愣："放手！"

"不放！"

"放手！"

"不放！"

"我说……嗯！"盛七歌难以置信地看着他突然压下来的俊脸，薄唇感到一阵微凉，然后便是狂风暴雨般地啃噬。

慕容锦夜抚着微微刺痛的下唇，目光灼灼地看着她涨红的脸，冷声道："如此，你还不明白吗？"

"明白你是个混蛋！"盛七歌第一次这么失控，完全抛开矜持，随手抄起一旁插在青花瓶里的鸡毛掸子冲过去，照着慕容锦夜的脸抽下去。

（3）心灰意冷

翠羽一大早推门进来，就见盛七歌在整理行囊："小姐，你这是干吗？"

"回西郊。"

"不去长公主府了？"金属般掷地有声的声音从门后传来，慕容锦夜寒着脸站在门外，一身月白色长袍把他修长的身形勾勒得越发清俊挺拔，唯有那脸，一道红痕触目惊心。

盛七歌身子一僵，手里的包裹随之落地："你答应了？"

慕容锦夜抿唇不语，走过去捡起地上的包裹，拍掉上面的灰尘递给翠羽："帮你家小姐放好。"

盛七歌刻意别开视线不敢看他的脸，经过昨晚，总觉得两人之间的相处有些不自在。更何况，她昨晚做了那么大逆不道的事。

慕容锦夜又气又恨地看着她不断闪躲的样子，心里略有些不是滋味，口气越发清冷："我要人准备了小厮的衣服，半个时辰后，我在府外等你。"

盛七歌看着他离开的背影欲言又止，心底说不出是空落还是难过，恍惚间想到昨晚那个猝不及防的吻，心底莫名地滚烫一片。

很快，盛七歌已经换了一身小厮的打扮出现在太子府外，马车似已等了多时。见她出来，车夫伸手撩开车帘，慕容锦夜神色寡淡地坐在里面。

"上车吧！"他微微敛了下眉，伸手放下车帘。

盛七歌讨了个无趣，连忙爬上马车。

"驾！"

马车晃晃悠悠地往前走，车厢里的两个人面对面坐着，狭小的空间里弥漫着一股怪异的气息。盛七歌偷瞟慕容锦夜，不小心被他抓个正着："看什么？"

"对不起！"

慕容锦夜冷冷地看着她没说话，空气中传来彼此轻微的呼吸声。

见他不回应，盛七歌反而越发不安了。他现在这副模样，倒是像极了初见时的样子，温润如玉，却无形中透着一股疏离。

昨夜的一切仿佛就是一场梦，梦醒了，她还是她，他也还是他，他们都是初见时的模样。可只有她知道，到底是有些什么不一样了，只是这感情来得太过突然，并不能茁壮成长便要被生生扼杀掉。

他是太子，她是一介商女。他心机深沉，步步算计，她看不透他的心思，便连他置身火场救她时，她都不允许自己感动。

她告诉自己，他是为了谋权天下，所做一切不外乎是要拉拢利用盛家。这样的人，能有几分真情？

一路沉默，直到马车猛然停住，车夫探身撩开车帘："殿下，到了。"

踩着下马石下了马车，门卫见是太子府的马车，年岁小的连忙进去通报，年岁稍长些的便熟络地上前叩拜。盛七歌紧紧跟在慕容锦夜的身后进了公主府。

公主府修葺得比太子府精致许多。后齐建国不久，建筑风格却已经独树一帜，除了正前两殿外，亭台楼阁不知多少，穿过悠长的回廊，过了水榭，慕容锦夜被门卫引着进了内宅。

此时牡丹现了颓势，倒是木槿和木芙蓉开得最为娇艳，角落里还藏着几株菊花。

花间有彩蝶飞舞，不远处的亭子里有乐声传来，悠扬婉转，却如同魔音传脑，让盛七歌的脚步微微一顿，脸色白如浆纸。

好一曲凤求凰，好一对如画佳人。

亭子里佳人才子，他抚琴，她起舞，便是连那花间的彩蝶也自愧不如。可盛七歌却只觉得整颗心都被浸在冰冷的水里，拎出来湿淋淋的。她凝眉看着亭子里的人，他依旧眉眼如画，可那温柔终是给了别的女人。

"皇兄？"许是亭子里的安南公主感觉到她的视线，微微侧目，见慕容锦夜拄着拐杖站在花间，身后跟着一名穿着墨绿短衫的少年小厮。

安南公主微微侧身，在魏恒肩上轻轻碰了一下，琴声戛然而止，魏恒缓缓站起身，迷惘的双眸朝着慕容锦夜的方向，却没有焦距。

安南公主踮起脚在他耳边呢喃几句，便挽着他出了亭子来到慕容锦夜面前："皇兄，这是魏恒。"她甜蜜地笑着，目光里全是魏恒卓尔不群的身姿，俨然一副坠入爱河的模样。

慕容锦夜微微敛眉，目光探究地看着魏恒。似乎是感觉到他不善的目光，魏恒微微抿了下唇，轻声道："末将魏恒，见过太子殿下。"声音轻柔，不卑不亢。慕容锦夜收回视线，下意识地看了眼身旁始终低垂着头的盛七歌，忍不住微微叹了口气，问道："可是三品参将魏恒？"

话音一落，便见安南公主脸色微白。她伸手拉住慕容锦夜的手，使了个眼色："皇兄，魏恒夜袭时受了重伤，伤了脑子，不仅双目失明，就连记忆也

所剩无几。"

　　明显感觉到身旁的盛七歌身体一僵，慕容锦夜冷眼看着魏恒："你真的不记得？"

　　魏恒点了点头。

　　"连盛七歌也不记得？"他脱口而出，不止安南白了脸色，盛七歌亦是瞬间绷紧了身体，胸膛里的心脏有一瞬间似乎停止了跳动。

　　气氛一下子凝滞起来，安南刚想替魏恒回答，慕容锦夜便朝她摆了摆手。

　　"你不记得你有个未婚妻，永州的盛七歌？"他又问，双眼死死地盯着魏恒，不错过他脸上任何细微的表情。

　　然而，什么都没有，他只是茫然地摇摇头："我醒来时，人已经被河水冲到下河口，是一位渔夫救了我。他从我身上的腰牌辨认出我的身份，等我养好伤之后便把我送回了安定。"

　　"哦？"慕容锦夜轻吟一声，扭头看着安南，"那你又是如何与安南在一起的？"

　　安南的脸瞬间一红，娇羞地瞪了慕容锦夜一眼："皇兄，你忘了，父皇患病，我去安定侍疾。"

　　"然后，你就把这么个俊秀的参将带回来了？"慕容锦夜打趣道，目光从没离开魏恒的脸。

　　他可以猜想得到盛七歌此时脸上的表情，悲伤？愤恨？还是失望？抑或是痛苦？慕容锦夜发现自己特别想看看她的脸，特别想问问她，是不是他都不记得你了，是不是他都失明了，你还爱着他？即使再不想承认，慕容锦夜还是知道，自己是嫉妒魏恒的，那种感觉来得莫名其妙，却又猝不及防。

他强行压制着扭头看盛七歌的冲动，目光灼灼地看着魏恒："你喜欢安南？"他突然问出口，甚至恶趣味地想，是不是听见魏恒肯定的回答，盛七歌就会死心呢？

魏恒没有说话，他始终静静地立在那里，如同一株墨竹，安宁得仿佛没有生息。

安南狠狠瞪了慕容锦夜一眼："皇兄，你再这么说，我可不理你了。走，魏恒，咱们走。"说着，她挽着魏恒扭身欲走。

从始至终，盛七歌没有说过一句话，甚至连就在嘴边的质问都无法出口。即便是早已猜到他可能眼睛出了问题，可当真相赤裸裸地摆在眼前，她才发现，自己其实什么也做不了。他痛苦时，陪在他身旁的不是她；他难过时，陪在他身旁的也不是她。这么些年，好像从来都是他迁就她，他爱着她，而她，除了傻愣愣地站在这里看着别的女人对他关怀备至，她真的不知道自己还能做什么。他说，七歌你等我回来，等我回来迎娶你，那时，必然是十里红妆铺路，八抬大轿迎人，我要你做天下最幸福的女人。

可是，魏恒，这些，你都忘了。

就在她以为一切也不过如此的时候，慕容锦夜却突然出声，他唤了声"安南"。安南公主脚步一顿，却没有回头。

"你以为，父皇会允许你嫁给一个瞎子？"他的语气里没有丝毫感情，就仿佛在阐述一件无关紧要的事，却把在场的两个女人同时推进绝境。

安南没有回答，她只是紧紧地挽着魏恒的手，坚定地离去。而盛七歌，她亦是安静地转身，如同来时一样离开，甚至连一声"魏恒"都没有喊出口。

慕容锦夜看着她单薄的背影在晨光中一点点变得透明，心中莫名地一阵惊慌，伸手抓住她的手，才发现她的掌心已经湿漉漉一片，翻开一看，尖锐的指甲把掌心刺得血肉模糊。

"盛七歌。"愤怒突如其来地冲进胸口，他愤然地看着她，扳过她的脸，才发现她赤红的眼眶里含着泪，凝望他的时候，仿佛是一泊幽深而冰冷的湖水，瞬间将他溺毙。

他觉得胸口微微一窒，伸手将她抱进怀里："别伤了自己。"心底的那股怒火被柔情取代，他情不自禁垂头轻吻她的头发，大手一遍又一遍轻抚她颤抖的背，完全没注意到已经走到回廊尽头的魏恒微微侧着身子朝他们的方向望了一眼。

第四章

CHAPTER

04

殇

情

（1）落水

人生从来都没有如果，也没有停滞不前的美好。

魏恒不能，盛七歌也不能，就如同开败了的花，不管曾经多美，末了，也不过是花败落土，化作春泥。

那一夜，她做了很长的一个梦，从少时与魏恒青梅竹马相伴，到后来天人永隔，再到最后，她已经看不清他的脸。醒来时，发现已经泪流满面。晨光从窗棂照射进来，翠羽一脸担忧地站在床前："小姐怎么哭了？"

她伸手抹了一把眼睛，手心顿时湿漉漉一片。

"做了一场噩梦罢了。"

翠羽讷讷地应了一声，有些欲言又止。

"怎么了？"她揉了揉发疼的眉心，翻身下床。

翠羽支吾了好一会儿，虚掩的门被人从外面推开，慕容锦夜长身玉立地站在门外。

盛七歌的脸微微一红，忙抓过屏风上的儒裙挡在胸前。

慕容锦夜抿唇微微轻笑，扭过身，腰间的环佩发出清脆悦耳的声响。

盛七歌懊恼地瞪了翠羽一眼："你怎么不关门？"

翠羽干巴巴地一笑："我忘了。"

"臭丫头。"

翠羽挠了挠头，笑眯眯地为她穿好襦裙。

等洗漱完毕，慕容锦夜走进来的时候，盛七歌才发现，他的腿已经好得差不多了，离了拐杖，倒也能走得平平稳稳。

"你来干什么？"那天之后，慕容锦夜在她眼中的形象已经完全颠覆，隐有与登徒子一较高下的势头。

慕容锦夜转过身，看见她略微苍白的脸和红肿的眼眶，面露不悦。

"翠羽，你先下去准备早膳吧！"他朝翠羽挥挥手，小丫头便含笑退了出去。

直到翠羽离开，后知后觉的盛七歌才猛地想到，翠羽刚刚似乎要说什么，只是被突然出现的慕容锦夜打断了。

"晋王府着人送来了帖子。"慕容锦夜率先开口，目光依旧凉薄，带着淡淡的疏离。

盛七歌侧身躲开他的视线，低头摆弄拇指上的翡翠扳指："什么意思？"想起凤楼，心里还是微微抽疼，她不想猜疑，可凤楼毕竟嫁给了慕容嵩。那日她被软禁在晋王府，凤楼从始至终没有露面，这让她对这段十几年的情谊多了一丝防备。

慕容锦夜知道她是在忌讳凤楼，忍不住笑道："凤楼确实不知你被晋王软禁，你宿醉的隔日，宫里举办菊花宴，她一大早就进宫了，直到三日后才回来。"

是吗？压在心底的大石终于落了下来，至少凤楼没让自己失望。

"咳咳。"她尴尬地咳了一声，"晋王府送帖子来干什么？不会是又要邀我小聚，借机软禁吧！"

慕容锦夜剑眉微微轻挑，唇角勾出一抹清浅的笑："是凤楼邀你我一同游湖。"

游湖何必要带着你呢？

盛七歌心底暗忖，怕是慕容嵩也会同行吧！一想到慕容嵩那张脸，心底那点兴致瞬间打消，怏怏不乐地道："不想去。"

"你就不好奇，他想要干什么？"

"怎么觉得你倒是跃跃欲试？"

慕容锦夜但笑不语，突然俯身凑到她近前，淡淡的龙涎香瞬间弥漫鼻端，让她有片刻失神。

这个男人，总是能这么猝不及防地让她失神，打乱她心跳的节奏。

"我相信，你也会很好奇。"殷红的薄唇一开一合，如梦似幻的俊颜像一株迎风摇曳的牡丹，不断地蛊惑，不断地引诱。

是人都有劣根性，根源多半是好奇心，何况是一个你需要时时提防的人呢？

用过早饭，晋王府的马车已经候在门外。慕容锦夜要人准备了些茶点。

出门的时候，凤楼由丫鬟搀扶着站在马车前，一身鹅黄的百褶流苏裙把她本就娇艳倾城的脸衬得越发莹白如玉。

慕容嵩面容温润地站在她身旁，偶尔俯身在她耳边说了些什么，引得她抿唇轻笑。

"七歌。"凤楼一抬头，见盛七歌和慕容锦夜迎面而来，娇笑着迎了上去。

灿烂的笑脸依旧，仿佛未经岁月雕琢。盛七歌看着凤楼扑过来，心中微微一涩，目光掠过不远处的慕容嵩。

她几不可察地叹了口气，笑着拉住凤楼的手："怎么想起来要游湖？"

凤楼一笑："你难得来一次长安，上次我进宫参加后宫女眷举办的赏菊宴，回来时你都走了，这不是来赔罪了？长安西郊的镜湖景致别致，你看惯了永州的稻浪，也该换点赏心悦目的东西了。"说着，牵着她的手上了不远处的红顶马车。

马车里铺着鹅黄的软垫，小几上燃着香鼎，茶气升腾，是她最喜欢的君山银针。慕容锦夜、慕容嵩兄弟则上了另外一辆马车。

镜湖位于长安东郊，每年过了三月，冬雪初融，许多附庸风雅的文人墨客便租船游湖，间或也有不少王宫权贵在镜湖养着画舫。

约莫一个时辰后，四人纷纷下了马车。举目望去，整个湖面碧波荡漾，画舫、游船不知凡几。

盛七歌跟着凤楼上了一艘停在岸口的画舫，慕容锦夜、慕容嵩随后上来。

风吹着碧波，荡漾起一丝丝涟漪。画舫很快便驶到湖心，偶尔一阵微风吹来，撩起轻柔的衣摆，便觉得心都变得空旷而安静。

"七歌。"凤楼端着茶盏走到甲板上，微风起，把她鹅黄的百褶裙吹得猎猎作响，湖面漂浮着淡淡的水汽，似乎一下子就晕染了她的眉眼。凤楼轻轻叹了口气，转身看着盛七歌："七歌，那晚的事，我是后来才知道的。"

盛七歌身子微微一僵，却不知道要如何回应。

这世间很多事身不由己，很多事无能为力，除了顺从命运的安排，还能如何？她肩负着盛家的百年基业，而凤楼又何尝不是凤家的希望呢？两个人身处异地，各为其主，或许在不久的将来，连这样并肩而立的机会都不会有了。

"我记得小时候你说过，我们是这世上最好的姐妹。"凤楼抿了抿唇，目光灼灼地看着盛七歌，"我不希望有一天我们成为陌路。"

盛七歌诧异地望向她，只觉得本已千疮百孔的心越发揪疼。

"七歌，你还记不记得，小时候，有一次你掉下水，是我冒死救的你，后来我生了一场大病，导致左耳失聪？"凤楼淡淡地道，眸光微敛，娇艳倾城的脸在晨光中显得越发剔透光洁，可说出的话，如同一把刀，生生地刺进盛七歌心中。

她微微侧身，声音卡在喉咙里，好长时间的沉默之后才说："你希望我放下永和米行掌柜一职？"

"不是。"凤楼的眼中闪过一丝慌乱，"七歌，你知道，我不会逼你。"

"那你的意思呢？"她温柔地笑，伸手拂过凤楼略微苍白的脸，"只要你想要的，我必倾尽所有给你。"年少时与凤楼一起的时光是她此生最幸福的日子，没有纷争，没有商斗，她们彼此关爱，不是盛七歌，不是凤楼。她是她的小盛，她是她的小楼。人生有那么多身不由己，可唯有凤楼，她无法拒绝。

"七歌，你知道，我要的从来不多。"她神情哀怨，目光幽幽，双手交叠放在腹部上，"七歌，你要当姨娘了呢！"

盛七歌闻言诧异地望着她："你怀孕了？"

"两个月了。"凤楼抿唇轻笑，那笑容却如同淬了毒般。在她还没能从惊愕中回神的时候，凤楼伸手狠狠将她推到甲板边缘。

风过耳，亦不过是一瞬间，她静静地看着凤楼泪流满面地站在甲板上，风把她的头发扬起，她好似又看到了好多年前的自己，那时她也是游船落湖，只是这一次，凤楼，你还会不会救我？

落水声惊动了船上的人，慕容锦夜赶过来的时候，便见凤楼满脸泪痕地站在甲板上，一旁的丫鬟死死拉着她的手不让她往下跳。

"王妃，你不能下去啊，你可要顾着肚子里的小世子啊！"

"不，放开我，我要救七歌。"

"快把王妃带下去！"慕容锦夜凝眉看了凤楼一眼，纵身跃入水中。

身体在下沉，思绪却越发清晰，可以感觉到冰冷的湖水在她落水的瞬间将她包裹住，冰冷的水从鼻腔里涌进去，没法呼吸了。盛七歌愣愣地看着碧绿的湖水将她灭顶，整个身体仿佛被无数水草缠住，没法动。

救我，救我！

她张口，却发现什么声音也发不出来。脑海中不停地闪过各种各样的画面，爹的、魏恒的、凤楼的、盛三的，最后画面定格在一张如梦似幻的俊颜上。是慕容锦夜。她在心里苦笑，原来不知不觉间，她已经那么依赖他了。

她突然觉得，或许自己也是有些喜欢他的吧，那样清冷却又霸道的人，总是让她措手不及，总是让她无法克制地去关注，去依赖。

可是对不起，这颗心给了别人，又如何再给你呢？

她想苦笑，却觉得胸腔里的空气都被一股大力挤压着，眼前的光亮渐渐暗了下来，身子持续下沉。

"七歌。"

恍惚中，好像听到有人在呼唤她的名字。她用力睁开眼，却只看到眼前一片黑暗，一抹温软的触感终于压在她的唇上，带着一种歇斯底里的温柔。

是慕容锦夜吗？她不自觉地笑了，感觉空气被渡进口中，感觉到他颤抖的手紧紧地拉住她，将她往上带。

"盛七歌，我不准你死。"

"盛七歌，你还欠我一个人情，你这条命是我从火场救出来的，别就这么死了。"

"盛七歌，我喜欢你。"

"盛七歌，忘了魏恒，他给不了你的，我会倾尽所有为你得来。"

"盛七歌……"

恍惚中，那人一遍遍在她耳边呢喃，她不想醒来，却有个声音不断在她耳边呢喃。

魏恒，是你吗？

不，不是你，又怎么会是你呢？你身在公主府，你挽着别的女人，你记不得当年的盛七歌，也记不得曾经的誓言。

好累，好想睡，可是谁那么执着地拉着她的手？一遍一遍地呢喃，一遍一遍地诉说："盛七歌，别死。"

有温热的液体落在脸上，顺着脸颊滚落。是谁哭了？她忍不住想，心里却仿佛揣了几百只兔子上蹿下跳。

"不要，好吵。"她猛地睁开眼，想赶走那一直打扰她的人，却看到了慕容锦夜那张微沉的脸和发红的眼。

"你醒了！"他猛地转身，右手抬到眼眶的位置，转过身的时候，脸上带着薄薄的绯红，"把药喝了。"

她眨了眨眼，好半天才明白怎么回事，原来她没死，原来她还活着。她的目光越过他的肩，看到凤楼惨白着一张脸站在门口，慕容嵩的手揽着她的腰，大手轻轻地放在她的小腹上。

"七歌，你终于醒了，吓死我了。"凤楼红着眼眶走过来，冰凉的手轻抚她的脸，泪水汹涌而下，抽泣不止。

心是疼的，可是又前所未有的自由。盛七歌静静地看着凤楼，仿佛看进了她心底最深处。

凤楼心虚地别开视线，眼中闪过一丝痛苦。

七歌，别怪我，别怪我。

可又怎么能不怪呢？有些人，有些事，小时候或许不懂，可长大了总会知道什么叫命运使然，什么叫身不由己。

房间里静得没有一点儿声音，盛七歌轻轻抿了抿唇："我没事，这不是还活着吗？"

只是心已经残了，不管是魏恒还是凤楼，他们都不是原来的样子了。而自己呢？她扭头看着坐在床头的慕容锦夜，突然庆幸那一刻他抓住了自己，或

许这份刚刚萌芽的感情不够真挚，因为它生在这乱世，注定要早早夭折，可她还是要感谢，至少他曾给过她这份悸动，在她最心灰意冷的时候。

（2）决议

"啪！"清脆的巴掌声响彻整个书房，慕容嵩寒着脸看着面前的女人，紧抿的薄唇微微弯起，勾出一抹冷笑，"谁要你这么做的？"

凤楼难以置信地看着慕容嵩，殷红的血丝顺着唇角溢出，整张脸苍白得没有一丝血色。

"是谁要你自作主张去杀盛七歌的？"慕容嵩恨恨地看着她，若她不是凤家的女儿，他真恨不能一把掐死她。以为有了他的孩子，就可以干涉他的事？以为他真的拿她没办法？

"你答应过我，不会害她。"凤楼紧紧地抿着唇角，温润柔和的目光中带着一丝坚定，"可你又是怎么做的？你软禁她，在梦园放火，你以为我不知道？今天若不是我将她推进湖里，你藏在船舱里的死士是不是准备将船沉了？"她爱这个男人，可这个男人要杀她的姐妹，她不能容忍，所以才故意将盛七歌推进湖里，这样，只要慕容锦夜跳湖去救盛七歌，必然会看见暗藏在湖底准备点引信的人，那么，慕容嵩的计划便不会成功。

她早就怀疑慕容嵩娶她并不是真的爱她，只是在利用凤家，可她到底只不过是个弱女子，她没有盛七歌那样的聪慧和魄力，从小到大都是七歌在护着她，其实谁也不知道，七歌那次落水，是因为她不小心将七歌推进湖里的。真

殇

是可笑，如今她竟然又一次把七歌推进湖里，可是这次她是为了救她。

那日她不小心偷听到盛七歌的表哥孟奇和慕容嵩的谈话，两人竟然想假借邀慕容锦夜和盛七歌游湖的机会，杀死他们两人。他们在船底用油纸包裹了炸药，湖里安排了人，只要船一到湖心，慕容嵩便会借口带着她离开，然后湖底的人会点燃船底的炸药。

好毒的心，好狠的人，可这人是她爱着的人，多可笑，多讽刺？

凤楼静静地看着慕容嵩，突然间生出一丝迷茫，这样的人，她到底还要不要爱下去？

"凤楼，不要考验我的耐性，激怒我的下场，你不会想要看的！"他突然冲过来一把扣住她的下颚，目光阴鸷地看着她，薄唇里吐出的话语如同冰凌，狠狠地刺进她的心田。

她紧咬着牙关，心却在滴血。

"滚！"他猛地甩开她，她站立不稳，整个人朝一旁的小几撞了过去。

"啊！"腹部一阵剧烈的疼痛，凤楼惊声尖叫，门外的丫鬟冲进来，见她跌坐在地，殷红的血从鹅黄的百褶裙下溢出来，血红一片。

"不好了，不好了，王妃小产了！"

小产？

凤楼只觉得有什么东西正一点点从她的身体里脱离，而那个男人，他就那么冷冷地站在那里，目光阴沉地看着她。

"孩子，我的孩子！"她开始歇斯底里地哭喊，拼命捂着自己的腹部，可是，还来得及吗？慕容嵩，我们的孩子，是不是你真的不想要……

太子府。

"你是说，晋王在船底放了炸药，想要把我们炸死？"盛七歌难以置信地看着慕容锦夜，手里的药碗脱手，落在地上发出清脆的声响。

"嗯，若不是你落水，我下水救你时正好撞见湖里准备点燃引信的人，恐怕我们此时已经葬身镜湖。"慕容锦夜微敛着眉，深沉的表情让人看不出他心中到底在想什么。

慕容嵩已经大胆到敢明目张胆地杀人了？盛七歌忍不住一阵胆寒，却突然想到凤楼："那凤楼怎么办？她一定是知道慕容嵩要害我们，所以才故意推我下水。不行，若真是如此，凤楼破坏了晋王的计划，晋王势必迁怒于她。"说着，她掀开棉被便要下床。

"别动！"慕容锦夜沉着脸压住她的手，"他暂时不会动凤楼，他还需要凤家的帮助，不可能因为这件事就跟凤家撕破脸。"

不关心，则不乱；关心，则乱。

盛七歌凝眉看他，猛地抽回手："我说过，我要去找凤楼。"说着执意下床。

慕容锦夜伸手拉住她的手腕，顺势一带，整个人将她压在柔软的床榻之上："你给我好好休息。"

"慕容锦夜，你混蛋，是凤楼救了我们。"她用力挣扎，只是力道终究抵不过慕容锦夜，被他死死地压在身下。

隔着薄薄的锦被，他可以感觉到她狂乱的心跳，心中有什么在沸腾，却终究被他压制住。他静静地看着她，唇角微勾，扯出一抹浅笑，伸手在她身上点了几下。

一阵酥麻感从他指尖轻点的地方快速蔓延至全身，然后身体便完全不受控制，僵硬地躺在了床上。

"该死的，你点我的穴？放开我！"盛七歌怒道。

慕容锦夜抿唇一笑，伸手轻点她眉心："不放。半个时辰后自动解穴。"说完，优雅地跳下床转身离去。

出了门，慕容锦夜脸上的笑容一敛，眸子染了几分杀气，脚下的步子更是带着几分急切。

好一个慕容嵩，竟然真的明目张胆要除掉自己？只是他千不该万不该，把盛七歌也牵扯进来。

回到书房，尹维已经等在那里多时，见他面罩寒霜，忍不住问道："怎么样了？"

慕容锦夜抿了抿唇："要你调查的事有结果了吗？"

尹维一笑："果然不出你所料，慕容嵩暗中勾搭上了长安永和米行的掌柜孟奇，又联合几个本家的长老，意图把盛七歌从掌权人的位置上拉下来。"

"就这些？"慕容锦夜不甚满意的样子。

"当然还有。"尹维轻笑，从怀里掏出一本账册丢给他，"慕容嵩这次玩大了，他不仅勾结孟奇，还和凤家联合，拿下了今年兵工制造最大的一笔订单，为前线赶制冬衣和铠甲。这么一大笔买卖，慕容嵩不可能不从中谋取暴利。至于最后能弄到什么程度，还真不好说。"

慕容锦夜沉默了片刻，他倒是没想到慕容嵩的手已经伸得那么长了。

"好了，现在我要去看看咱们的大财主盛掌柜了。"咧嘴一笑，几日没见盛七歌的尹维，倒是有些好奇两个人之间有没有什么进展。

慕容锦夜沉默着站起身，随着他出了书房。

两人先后进了盛七歌住的院子，只是还没见到人，丫鬟翠羽已经脸色苍白地冲出来，见到慕容锦夜的时候微微一愣："殿下。"

"怎么了？"

"小姐不见了。"

"什么？"尹维扭头看着慕容锦夜，"我是不是错过了什么？"

慕容锦夜面无表情地点了点头，让人看不透他心里到底想着什么。

盛七歌偷偷出了太子府，到了晋王府外才知道，王妃游湖回来后，身子见了红，肚子里的孩子没保住。

握拳的手猛然一松，仿佛身体里所有的力量被瞬间抽离，她愣愣地看着对面的朱漆大门，心底一片冰凉。

孩子没了？

孩子没了！

她缓缓地转身，只觉得心脏仿佛被什么狠狠揪紧了。凤楼，你又何必这么傻呢？何必为了我做这些呢？

此时，她恨慕容嵩，恨自己，也恨这皇家夺嫡之争把她们牵扯进来。

从来没有哪一刻，她像这般愤怒，胸膛里的火焰烧得越发炽烈。她疯了一样奔跑在喧闹的街道上，接受着众人目光的洗礼。

恨意让她失去了理智，她不管不顾地冲进一条幽暗的小巷，在一户人家门前停了下来。

"咚咚！"

"谁呀？"

紧闭的木板门被人从里面拉开，一名十三四岁的少年从里面探出头，见到她的时候微微一愣："大掌柜的，您怎么来了？"

"别废话，进去说！"盛七歌看了他一眼，挤开他冲进门内。

少年撇撇嘴，转身把门关好。

小院不大，后院养着几只白鸽。

盛七歌走进正房的时候，里面的人正在把一张张巴掌大的娟纸卷进竹筒，然后由专人绑在信鸽的腿上放出。

"大掌柜的！"盛二抬起头，见到盛七歌有些微愣。

这小院是盛七歌接手永和米行后暗中设置的一个情报点，平日里主要是收集一些八卦消息。

她走过去，一把抢过盛二手里的娟纸，目光中透着几分寒气："帮我查慕容嵩，他最近跟孟奇似乎走动很频繁。还有，去把我寄存的两根血参拿来，一根想办法送去晋王府给凤楼，另一根……算了，另一根直接交给我吧！"长安已是是非之地，连凤楼都被牵扯进来，她若还不有所动作，怕是最后连累的就不只是凤楼。

树欲静而风不止，身为盛家人，恐怕这一生都不能脱离这些权势的斗争。爹如此，从未见过面的娘亲也是如此。

那么，既然无法置身事外，便要让自己立于不败之地。摆脱命运的唯一办法，便是掌握命运。

盛二诧异地看着盛七歌，忽而一笑，似乎有种吾家有女初长成的感觉。以前的盛七歌似乎更关注商业，可盛家的百年基业不只是商业而已，它的命运永远都与这个国家的兴衰有直接的关系。

而如今不过短短几个月的时间，盛七歌已经或自愿或被迫地被扯进了皇权争斗之中，盛家平静了这么久，终于还是要再次经历一番血雨的洗礼吗？

"好。"他淡淡地应了声，转身从身后的柜子里取出一只锦盒交给她，"这根血参交给你，另外一根我会找时间送到凤楼姑娘手中的。"

盛七歌点了点头，转身如来时一般匆匆离去。

直到她的身影消失在门口，盛二才抿唇笑了笑。

这时，少年从门外进来，看见自家先生笑得如此嘚瑟，忍不住打趣道："先生，您笑什么呢？"

"臭小子，做事去。"说着，他伸手敲了少年的脑门一记。

"哦。"

"等等。"

"还有事？"

盛二挑了挑眉，转身从身后的柜子里又取出一只锦盒："去，想法子送到晋王府凤楼姑娘手里。"

（3）挥剑斩情丝

　　过了傍晚，天空开始下起绵绵细雨。安南公主推开门，魏恒背对着她坐在窗前，细密的雨丝从洞开的窗棂飘进来，将他的肩头打湿。

　　"怎么不关窗？"她挑了挑秀眉，走过去将窗子关上。

　　魏恒微微敛了敛眉，紧抿的薄唇勾出一抹浅浅的笑："公主不是在宫中吗？"

　　安南的脸色微微一变，伸手将他微微松散的衣领拉紧："魏恒，我想嫁给你。"因为是这么深深地爱着他，所以才恐惧，所以才在听说盛七歌在门外等了半日的时候匆匆回来。

　　她将头轻轻枕着他的肩，被雨水浸湿的布料轻轻摩擦着她的脸颊，未感到任何温暖："魏恒，你不会离开我的，是不是？不管发生什么都不会离开。"

　　"傻瓜，只要你不放弃我，我又怎会离开你？"他轻轻抚过她冰凉的脸颊，微敛的眸子无波无澜。

　　"抱着我。"安南猛地抬起头，伸手紧紧抱着他的腰。

　　"安南。"魏恒凝眉侧头道，"不要这样，你是公主。"

　　安南心里一疼，一把将他推开，魏恒一个踉跄跌坐在地："安南？"

　　"闭嘴！"眼里滚出热泪，她愣愣地看着他，突然觉得胸口被什么狠狠地撞了一下，又疼又闷，逼得她歇斯底里，"你是不是还记得她？你明知道我喜欢你，为了能嫁给你，我抛弃一个公主的尊严去求父皇赐婚。"

魏恒茫然地望着她的方向，紧抿的唇角扯出一抹苦笑："安南，你值得得到更好的，何必要执着于我这个瞎子呢？"

"啪！"

安南挥手打落小几上的茶杯，碎裂的瓷片溅到魏恒脸上，白皙的面容上随即晕染开一抹殷红，蜿蜒流转，最终没入衣襟。

安静的室内只听得见细雨敲打窗棂的声音，和彼此沉重的呼吸声。

"咚咚咚！"

急促的敲门声打断两人间紧绷的气氛，丫鬟推门而入，见到一地的狼藉时微微愣住，讷讷道："公主。"

安南猛地回头："什么事？"

"门外的女子，已经淋了两个时辰的雨了。"

"那又如何？是本公主要她淋雨的吗？"就算她死在外面又如何？她断然不会让她见魏恒的。

"可是……"

"闭嘴，给我下去！不，等等。"流转的目光扫过魏恒的脸，安南抿唇冷笑。盛七歌，你不是要见魏恒吗？见了又如何呢？他不是你的，永远不是。

"把人带到前厅吧！"

"是。"

湿漉漉的衣服黏黏地贴在身上，雨水顺着长发没入衣襟，偶尔一阵风吹来，冷得连牙齿都在打战。

她等了多久呢？不记得了，只是死死地抱着装了血参的盒子。

丫鬟撑着纸扇走过来，把伞举过她的头顶："盛姑娘，跟我进来吧，公主要见你。"

终于肯见她了？

盛七歌抿唇冷笑，起身跟着丫鬟进了公主府。

绕过回廊，大厅里点着暖炉驱赶潮气。安南坐在大厅的正位上，魏恒沉静地坐在她手边，在听见她的脚步声时，微微一愣。

"进来吧！"安南朝她点了点头，转身把刚刚斟满的茶杯递给魏恒。

两人并肩而坐，举案齐眉，只是魏恒脸上那伤口还鲜红，让盛七歌缩紧的心再次紧绷。她死死地抓着手里的锦盒，目光灼灼地看着魏恒。

似乎是感觉到她滚烫的视线，魏恒微微朝她这边侧脸，抿起的薄唇勾出一抹清浅的笑："盛姑娘。"

盛姑娘？

盛七歌心中不由苦笑，魏恒啊魏恒，你当年可知道有一日，你会如此生疏地叫我一声盛姑娘？

"不知道盛姑娘今天来是有什么事？"安南极力压抑着怒火，目光阴沉地看着盛七歌，握杯子的手亦在微微发抖。

盛七歌毫不畏惧地迎着她的目光，好一会儿才道："我要带魏恒走。"她要带着他离开长安回永州，无论如何，她一定会治好他的眼睛。

就在得知凤楼滑胎的那一刻，她便已经深深地明白，宫闱之事，权力争

斗，这些都是她不能避免的，而她唯一能做的，就是把重要的人带离这里，唯有永州，唯有那里，她才能想尽办法保全他们，不被波及。

而慕容锦夜，即便是她对他有着几分心动又如何？浅薄的情分终会在某一日，在皇权的打压下变成牺牲品，注定没有结果的感情，不如趁早掐断。

"哈哈！"安南一阵冷笑，重重地把茶杯放在桌上，溢出的茶水溅湿了她的袖口，透过薄薄的布料烫到手腕，可她全然不顾，"盛七歌，不可能，魏恒不会跟你走的！"

"他是我未婚夫，不管他记不记得，这个永远不会改变。"她不卑不亢地看着安南，抿唇冷笑，"还是公主决心要做个横刀夺爱之人？"

安南扬眉看着她，那表情就像一只高傲的孔雀，讥讽、轻蔑的目光让盛七歌心生不悦，她猛地起身，腰间的环佩叮当作响。

"还请公主成全！"

"盛七歌！"安南猛地一拍桌面，怒道，"你真以为本宫奈何不了你？就算他曾经是你的未婚夫又如何？现在他是我的未婚夫。"说着，她扭头看了一眼站立在旁的丫鬟。

丫鬟点头，毕恭毕敬地从一旁的屏风后捧出一卷明黄的娟纸。

"你自己看看。"安南一把抢过娟纸，丢给盛七歌。

那娟纸明黄，背绣九龙戏珠，盛七歌心中一窒，缓缓将它展开。

这是一道赐婚的圣旨，一封为安南和魏恒赐婚的圣旨。

明黄落地，锦盒落地，她听不见其他声音，只觉得自己的世间在瞬间塌陷："魏恒，你真的不记得我，不记得盛七歌，不记得永州了吗？"她傻傻地问，哪怕他点一点头，哪怕他说的是假话，只要他说，就算是抗旨她也要想尽办法带他离开。可他只是始终沉默，微微侧着脸，不言不语。

她不知道心是不是真的在淌血了，可她知道，她没办法，是真的没办法，只要魏恒不愿意，她就无法带他离开这里。

某个瞬间，魏恒的脸上闪过一丝动容，却也只是转瞬即逝，盛七歌没看到，安南却看到了。她立即站起来，走过去挡在盛七歌和魏恒之间："盛七歌，这次你可以死心了吧？"

死心？如何能不死心呢？

盛七歌忽而一阵冷笑，侧头看着魏恒："魏恒，我最后问你一遍，我要你跟我回永州，你是回还是不回？你需记得，只要你答应回永州，就算抗旨，我盛七歌也不怕！"她傲然立于堂前，目光灼灼，身姿挺拔。

她不是自哀自怜的女人，一段情，过去了，便真的过去了，她今天来，是要最后给他和自己一个机会。过了今天，若是不能将他带回永州，她必将挥剑斩情丝。

永州盛家不允许她为了儿女情长落魄，她肩上的担子太重，她所能冲动妄为的也不过这一刻。

魏恒，不要让我失望，不管你是不是看不见，不管你是不是不记得，我全不在乎，可我能给你的时间，只有这一天。

她静静地看着魏恒，好似无奈地看着生命中最重要的东西正一点点离她而去。

安南挡在她面前，胜券在握般看着她，绣金丝鸳鸯纹的绣鞋踩在从锦盒里掉出的血参上，重重地碾碎，仿佛当着魏恒的面碾碎盛七歌最后的一丝希望一样。

"安南，我累了。"魏恒突然开口，站起身来，依旧挺拔。

盛七歌却知道，这不是她曾经喜欢的人了。

也是这一刻，一直用来催眠自己魏恒会醒过来，会跟她离开的想法，也跟着灰飞烟灭。

她静静地，又极为不舍地看了魏恒最后一眼，而后转身离开。

门外的雨依旧下着，她安静地走进雨幕中，至少，她是先转身的那一个。

魏恒，希望你此后能一世安康，幸福美满。我们，最好再不相见。

第五章
CHAPTER
05

亡命鸳鸯

（1）争执

雨幕中，一抹素白的身影傲然立在太子府门前，迷蒙的雨幕模糊了他的视线，清俊的面容上带着一丝落寞。他看着长街尽头，昏黄的灯光在他脸上投下一道暗影。

他在等，等盛七歌回头。早些时候，派去保护她的探子来报，她从晋王府离开后直接去了一条暗巷，出来时手里多了一只锦盒，而后又直接去了公主府。

她是盛家的掌门人，盛家能屹立百年不倒，绝对不只是纯粹的商人那么简单。他不好奇她去暗巷见了什么人，拿了什么东西，他只是介意她去找魏恒。

心里莫名发酸，随着时间流逝，这股酸意慢慢变质，变成愤怒，变成惶恐。

细雨打湿了衣摆，他亦无暇理会，只是目光灼灼地看着长街尽头，心中情绪翻涌。

突然，淡淡的亮光中，一个熟悉的身影缓缓走来，单薄的衣衫被雨淋湿，她却仿佛毫无知觉的木偶一般，毫不在意。

远远地，他看见了她唇角的笑，只是那笑比哭还难看，他心里一阵揪疼，丢了伞，几个快步冲过去，接住她突然瘫软的身子。

盛七歌醒来的时候，慕容锦夜正背对着她坐在窗前。

"慕容锦夜？"她轻轻唤了一声，连她自己都没发觉，在这一刻她是多么庆幸他就在身边。

"你去见魏恒了？"慕容锦夜猛地转身，冰冷的视线如同冰凌，狠狠刺进她心头，"你就那么爱他？明明知道他不记得你，你还是要去见他？"他承认他嫉妒，他承认他讨厌她去见魏恒，他甚至想就此把魏恒从她的心中挖出去。

盛七歌微微一愣，难以置信地看着他。可倨傲的性子不容许她软弱，何况慕容锦夜和她之间，横亘了太多阻碍。

"那又如何？我去见谁，不需要向你报备吧？"她故意不去看他受伤的神情，冷漠地翻身下床，"慕容锦夜，你不要忘了，他是我未婚夫，而你，什么都不是。"

慕容锦夜的身子一僵，定定地看着她，突然冷笑起来："好一个未婚夫，难道安南没有告诉你，他现在是她的未婚夫了吗？"他是不是该谢谢安南的以死相逼，使父皇同意给他们赐婚呢？可她现在这副失魂落魄的模样却是为了那个男人，叫他如何不揪心？

他从来没有这么在意一个女人，他曾经以为自己这样的人，不可能爱上任何一个女人，所以，即便是一开始被她吸引，也从没真的想过，有一天自己会尝到这种爱而不得的滋味。

"你跟踪我？"盛七歌颇有些意外地看着他。

"我若不是暗中差人跟着你，你如今不知死了几次。"慕容锦夜冷笑。

"好一个冠冕堂皇的暗中保护。"她讥讽地与他四目相交，"慕容锦夜，你以为你是谁？你是我的什么人？"

他谁也不是，他甚至不敢说他是她的朋友。

盛七歌决绝地指着门外："出去，我现在不想见到你！"

慕容锦夜一把抓住她的手腕，将她死死困在怀里。

她奋力挣扎，却还是被他抓住，薄唇覆盖在她的唇上，来势汹汹，霸道凶猛。

盛七歌浑身瘫软，可到底还是推开了他。

她冷冷地看着他，抬手擦掉唇角的血迹。

空气中除了窗外细密的雨声，便是慕容锦夜浓重的呼吸声。

"滚！"

盛七歌转身背对着他，肩膀剧烈抖动着。

"盛七歌。"慕容锦夜忽而一阵冷笑，声音中带着一丝冷嘲，"哼，就算你爱魏恒又如何？你难道就真的一点儿也没有怀疑过他？"

"你什么意思？"

她猛地回神，却侧开脸不去看他深邃的目光，怕一触及，便是半生的浩劫。

"魏恒并不是魏通的亲子。"慕容锦夜敛着眉，姿态悠闲地靠在床柱上，表情却是她从未见过的冷漠。

"魏恒的亲生母亲其实是魏通的姐姐。当年符登在永州与魏家小姐产生了感情，但是半年后，符登不辞而别，那时魏小姐已经珠胎暗结。后来魏通的妻子难产而死，孩子活了不过半月就死了，为了保住魏小姐的名誉，魏家把这事隐瞒下来，直到魏小姐产下一子后，就把魏恒交给魏通抚养。第二年，魏小姐去寻符登，却得知符登早有妻室。魏小姐心灰意冷，并没有把魏恒的事告诉符登，而自己更是一心皈依佛门，在永州出家了。"他一字一句地说完，果真见盛七歌变了脸色。

一时间，两人谁也没有说话，但这番话确实在两人之间激起了波澜，致使矛盾升级。

"整个夜袭军队的三千人全部阵亡，为何只有魏恒活着？事先安排好的夜袭为何会失败？若是有内应透露消息，那内应又是谁？真的只是援军不到这么简单导致任务失败吗？盛七歌，你就没有想过，是魏恒出卖了后齐吗？"慕容锦夜看着她，目光灼灼。

她绝不会知道，此刻的他有多恨不能杀了魏恒。

"啪！"

清脆的巴掌声突兀地响起，慕容锦夜难以置信地看着她："盛七歌，你！"

"慕容锦夜，你不懂，你什么都不懂。"她连连退了几步，心中虽然因为他的话情绪翻涌，可她相信，魏恒不会，不管他是谁，他那么热爱国家，一心效忠，他绝不会做出通敌卖国的事。

"哈哈！"慕容锦夜轻轻抚过脸颊，发出一阵冷笑，"你到底还要装傻到什么时候？难道你以为，他会出现在公主府只是巧合？他不过是利用安南而已！"

"你闭嘴！"

盛七歌再次扬起手，却被他挡下："别再惹怒我。"他的怒火，只怕她无法承受。

盛七歌定定地看着他，仿佛要看进他的灵魂，可她什么也看不到，她挫败地收回手，静默了好一会儿，终是瘫软在软榻上："出去，我想静一静。"

慕容锦夜深深地看了她一眼，什么也没说，然后冷着脸转身离开了。

目送他离开后，盛七歌才从榻上站了起来，走到床前，伸手从床下拉出一只铁笼，从里面取出一只白羽信鸽。

她走到桌案前，把早就准备好的信绑在信鸽腿上。

在放飞信鸽的一刹那，她竟然感到有什么从眼眶里滚了出来，炙热了双眼，烫伤了脸颊。

（2）回永州遇袭

是夜，一辆奔驰的红顶马车快速穿行在街道上。不出半个时辰，马车就顺利出了城门，一路往永州的方向奔去。

马车里，小几上摆着茶具，翡翠茶杯里茶气升腾，淡淡的茶香弥漫了整个车厢。盛七歌微敛着眉坐在一隅，对面坐着盛二，翠羽则被留在了长安。

此去永州，一是想帮魏恒求医，不管他记得她与否，过往情谊当真不是说不念便不念的，至少她无法容忍他双目失明。二来，孟奇与慕容嵩的事迫在眉睫，按照盛二得来的消息，孟奇联合荣升凤家和慕容嵩拿下了一批军工用度的制造权，这么大的一笔买卖，孟奇和慕容嵩必然会从中牟取暴利，很有可能最后弄巧成拙，使整个盛家落入万劫不复的境地，她必须在盛家没有被牵连更深的时候阻止孟奇。

"大掌柜的是在想永州的本家？"盛二伸手把茶杯递给盛七歌。

一个时辰前，他收到盛七歌的飞鸽传书，要他放下长安所有事物，准备马车在太子府外等她，两人几乎是马不停蹄地往永州赶。

盛七歌心不在焉地点了点头。这时候，慕容锦夜怕是已经知道她离开了长安。没想到兜兜转转这么多天，最后还是她孤身离开。

盛二一笑，抿了口茶："大掌柜的这次回永州，恐怕会在本家激起千层浪。孟奇敢这么明目张胆地违背大掌柜的意思与慕容嵩合作，恐怕有一半的原因是得到了几个长老的支持。"

"所以这次回去，咱们恐怕有一场硬仗要打，结果无外乎盛家里里外外进行一次大洗牌。"

借由这次的事，可以一次把盛家所有的蛀虫清理干净，只是处理不好，亦很有可能会把盛家的前程搭进去。

盛二点了点头。

这时，马车突然一阵颠簸，紧接着，车帘被人撩开，车夫脸色苍白地探头进来："大掌柜的，出事了。"

盛七歌心中一惊，借着淡淡的月光看过去。

不知何时，从栈道两端的林子里蹿出了十几名黑衣人。为首的黑衣人拿着一把弯刀，凝眉看了眼车里的人，抿唇冷笑一声："动手！"几乎是眨眼的工夫，这批训练有素的杀手便将马车团团围住了，十几把刀剑闪着寒光朝马车劈过来。

"大掌柜的小心！"盛二从后面一把将盛七歌拉回来，随手抽出藏在腰间的软剑，飞身跳出马车挡在车前。

重重刀影叠加而下，细雨如幕，剑花飞舞。

盛七歌安静地坐在车厢里，窗外是淋漓细雨，偶尔伴随着几声惨烈的尖叫。车夫已经跳下马车加入战斗。杀手虽然人多，但一时间也没讨到多少便宜，盛二的剑，是催命的剑，车夫的刀，亦是夺命的刀。她敢只身带着二人回永州，又怎么料不到慕容嵩和孟奇一定会半途劫杀呢？因而她不带翠羽，只带盛二和车夫，这二人来历神秘，连本家的长老都不知道，只知他们武功高超，为人怪异，而且只听命于盛七歌。

杯里的茶已经凉透，她低敛着眉，等着窗外的战斗结束。可是事情似乎朝着无法预计的方向发展，眼看黑衣人就要落败，身后的栈道又传来一阵凌乱的马蹄声，又有一批黑衣人赶了过来，情势立刻发生逆转，盛二和车夫俨然有些抵挡不住了。

盛二的额头渗出冷汗，手臂中了刀，他扭头看了一眼车夫："上车，保护大掌柜的！"

车夫听了，飞起一脚踹开面前的黑衣人，刚想跳上马车，可转眼又有两名黑衣人拦住他的去路，刀剑相向。

盛七歌坐在马车里，感到马车一阵剧烈的晃动，撩开车帘一看，不知是谁的刀砍中了马的腹部，黄彪马受惊，嘶鸣一声，四蹄扬起漫天水花，箭一样冲了出去。

许是冲劲太大，车里的小几一下子翻倒，她本能地伸手死死抓住车辕。这时，一股危险的气息迎面而至，车帘猛地被人从外面撩开，一名黑衣人狞笑着站在门口，手中的刀折射出冷冽的光芒。

破空而来的刀带起一阵强劲的风。

马车里空间狭小，盛七歌避无可避，只能眼睁睁地看着刀锋劈到眼前。

然而想象中的剧痛没有到来，却听到一声脆响，黑衣人的刀不知怎么砍偏了，高大的身体也跟着仰面栽倒，温热的血液溅在她脸上，带着一股浓浓的腥味。

根本来不及惊呼，一只冰凉的大手已经死死地抓住她的手腕。盛七歌扬眉，映入眼帘的是慕容锦夜那张淡漠的脸。

他轻轻叹了一口气，一把将她拉进怀里。刚刚那一瞬，只要他稍微有一点儿迟疑，等待他的便是天人永隔。

胸膛里的心脏跳动得异常剧烈，他紧紧地将她抱在怀里，借由她温热的体温平复心中的恐惧。

"你怎么来了？"盛七歌从他怀里抬起头，眼眶有些发红。

为什么？为什么每次她有难，都是他出手相救？

"傻丫头，你以为你真能悄无声息地离开长安？"他轻轻吻了吻她的额头，"你一出城门，我就追过来了，只可惜……"话音未落，只听一阵利刃破空的声音传来，紧接着，马车一阵剧烈颠簸，数十支羽箭如雨般从栈道两边的树林里射出。

"嘶嘶嘶！"

黄彪马连中两箭，四蹄发了疯似的狂奔，慌不择路地冲进了栈道两旁的山林里。

雨越下越大，雨幕遮挡了视线，失控的马车在山林里乱窜，后面还有十几名黑衣人一路紧追而来，箭雨不断。

"危险！"

慕容锦夜突然大喝一声，翻身将盛七歌压倒，两支羽箭竟然穿透车厢，生生钉在她刚刚坐着的位置上。

盛七歌心中一颤，缓缓抬起头，对上他微眯的眼睛，忍不住苦笑："这次我们恐怕是凶多吉少了。"

慕容锦夜挑了挑眉，低下头，狠狠在她的唇上亲了一下："听着！我不会让你有事的！"说着，他翻身坐起，一把拉住黄彪马的缰绳，试图让马车停下来。可是发疯的马儿根本无法控制，飞快地穿行在林间，后面的追兵亦是紧追不舍。

突然，黄彪马引颈嘶鸣了两声，紧接着，车身一阵剧烈的摇晃，只是一眨眼，马车就如同箭矢般冲向了前面的断崖。

雨越下越大，等盛二和慕容锦夜带来的人找到断崖的时候，崖边只留下车辙的痕迹。

（3）夫妻

　　建安城外八十里有一个小镇，那里人烟稀少，民风淳朴，村民们靠上山打猎为生。半个月前，村里的猎户王老实进山打猎的时候，在一处山谷里见到了一对受伤的男女。

　　他们穿着华丽，男的双臂死死地抱着女的，王老实怎么掰都掰不开他的手，后来没办法，只好回村里找人，大家伙儿费了九牛二虎之力才把二人分开，安置在村里唯一的赤脚大夫家里治伤。

　　那男的伤得很重，浑身上下多处骨骼断裂，倒是女人因为被男人护在怀里，只有后背和手臂有些擦伤。

　　女人昏迷了几个时辰就醒了，一醒来就歇斯底里地大喊大叫，抓着王老实的领子问："慕容锦夜呢？"

　　王老实被她的模样吓到了，结结巴巴地问："你是说，跟你一起……掉下山谷的男人？"

　　盛七歌点了点头："他人呢？"

　　王老实抿了抿唇，指了指隔壁的屋子："大夫正在医治呢，他伤得可不轻。"

　　盛七歌脸一沉，顾不得背上的伤，一把推开王老实，跌跌撞撞地冲到隔壁房间。

　　慕容锦夜就那么安静地躺在床上，浑身上下缠满绷带，老大夫正在给他

的腿上夹板。

看到这情形，眼泪瞬间就涌出了眼眶。这个傻子，为什么要对她这么好呢？明明她都那么对他了，明明知道她心里有别人，还对她这么好。坠崖的一瞬间，他竟然用自己的身体护住她，从那么高的地方掉下来，她竟然只是轻微擦伤。

浓烈的情感如海浪般冲击着她的心，让她越发难过，看着他的目光带着浓浓的哀伤。

她走过去，情不自禁地伸手轻轻抚摸他紧闭的眼睑："傻子，你怎么就这么傻？"

"姑……姑娘。"一旁的赤脚大夫扭头瞪了王老实一眼，转而看着盛七歌，"你先回去养伤吧，你相公虽然受了很重的伤，但是只要好好养着，总会好的。"

相公？

盛七歌的心微微一颤，张口想解释，最后却未能出口。

"我想陪陪他。"她不想走，她想看着他，就这么静静地看着，一刻也不想离开。

赤脚大夫无奈地叹了口气："想看就看吧，反正我也要走了，你每个时辰给他喂一次药。"说着，他把药方塞给王老实。

王老实转身跑去抓药，房间里一下子安静下来。

盛七歌静静地看着床上的人，泪眼婆娑。从来没有哪一刻能让她这么清晰地看透自己的心。当他在马车落崖的瞬间抱住她时，她就知道，她其实已经爱上他了，只是她不肯承认而已。她不肯承认自己除了魏恒还会爱上别人，可爱情这东西又哪里有道理可言呢？爱了就是爱了，即便她百般不愿承认，心却无法欺骗。

而她也从来没想过，离开永州，离开长安，等待她的会是这种悠闲的日子。没有尔虞我诈的商场，没有腥风血雨的皇权争斗，她像所有山里的小媳妇一样，每天学着做饭、煎药、照顾床上的慕容锦夜。

都说有一种债还不了，她想，说的应该便是情债。

慕容锦夜的身上多处骨折，内脏受损，一直昏迷，每日里只能用药吊着性命。

小镇民风淳朴，王老实的媳妇叫春花，人很憨厚，笑的时候脸上有两个酒窝，每次看到她总唠叨她福气好，遇上了这么个拼死保护她的好男人。

"俺家老实说了，找到你们的时候，他把你死死地护在怀里，那么高的断崖，你愣是没事，有事的都是他。"春花说到激动处，眼眶都红了，一把拉住她的手，"我说妹子，女人一辈子碰到个对自己实心实意的男人可不容易，你可要好好把握。"说着她扭头看了眼床上的慕容锦夜，叹了一口气，"妹子，其实，你们还没有成亲吧，我昨天见你给他擦身子，脸都红了。"停了一下，又伸手亲昵地拍了拍盛七歌的肩膀，"嫂子我可是过来人，俺娘说了，这大姑娘小媳妇的，一眼就能看出来。"

盛七歌的脸腾的一下就红了，带着几分羞怯推了春花一把："嫂子，你这是拿我取乐呢。"

春花一笑，拉住她的手："我可看出来了，你对他也是有情意的。"

盛七歌在永州便常与农妇打交道，知道她说的都是掏心窝子的话，心里微微发暖，眼眶也有些发热。

她生而为盛家，如今又卷入权力斗争，如果可以，她又何尝不想过平平凡凡的生活？只是太多的放不下，让她把心底最初的渴望深埋，直到这一刻，那些心底藏着的念想一下子萌发出来，竟是这般浓烈。

"等他醒了，我和俺家老实给你们办个婚礼。这人啊，经历过一次生死，就什么事都看淡了，有什么比生命重要呢？能在一起的时候，就别藏着掖着。"春花始终笑眯眯的。

盛七歌忍不住轻笑，低头看着慕容锦夜，拇指在他的掌心轻轻勾画："慕容锦夜，你听见了吗？要是你醒了，我就嫁给你，咱们就留在这里，你上山打猎，我织布养蚕。"她细细描绘那一副景致，说着说着，突然感觉他的手微微动了一下。

"慕容锦夜？"

"咳咳咳！"

昏迷数日的慕容锦夜猛地睁开眼，一翻身咳出一口黑血，然后仰面倒下再次昏死过去。

"大夫，大夫，我去找大夫！"春花吓得哇哇大叫，一边冲出去找大夫，一边吩咐盛七歌，"妹子你别担心，那赤脚大夫不是说了吗？只要他把胸口的瘀血咳出来，人就没事了。我这就去找大夫，你好好看着他就行。"说着，一阵烟儿似的消失在门外。

房间里一下子静了下来，盛七歌愣愣地坐在床头，眼眶里有热热的液体涌出,等回过神儿的时候,正对上慕容锦夜那双深邃如夜的眸子。

他微敛着眉,因为身上的疼痛发出几声低不可闻的轻吟:"还能见到你,真好。"一张口,黑红的血又顺着唇角溢出。

"傻子,你这个傻子!"盛七歌红了眼眶,扭过头不想让他看见自己流泪的样子。

"咳咳,好疼。"他低低地呻吟,伸手轻轻碰了碰她的手,"七歌,你刚刚说的话,可还算数?"

背对他的身子一僵,盛七歌突然有种自抽嘴巴的冲动。

"醒了就赶紧吃药。"她猛地转身,一把端起旁边小几上的药碗递到他嘴边。

果然,一见药碗,慕容锦夜脸一黑,扭头不再看她:"苦。"

"苦也要喝。"她一把扳过他的脸,用帕子将他唇角的血擦干净,再细心地用清水帮他漱口,"好了,快喝吧。"

"你喂我?"慕容锦夜目光灼灼地看着她略微苍白的脸,额角还有些擦伤,心中狠狠抽疼了一下,柔情便铺天盖地而来,将他淹没在那浓烈的情感里。

她还活着,真好。

此刻,他无比庆幸自己在坠崖的那一瞬间将她护在怀里,如果她死了,他该如何?他胸腔里那满溢的感情又要如何宣泄?

他只能死死地看着她,仿佛她就是一缕风,只要他稍微一不注意,她就飞走了。

盛七歌为难地看了眼药碗，又想到他厌恶汤药的怪癖，忍不住挑了挑眉，拿起一旁的糖莲子："先吃颗糖就不苦了。"

慕容锦夜甚为嫌弃地瞪了她一眼："盛七歌，我这次可是又救你一命，你就这么打发我？那我昏迷的时候你是怎么喂我喝药的？"

话音一落，果然见盛七歌红了脸，她说："废话，用灌的。"

慕容锦夜抿唇不语，定定地看着她紧抿的唇。

盛七歌身子一僵，想到这些天她都是先自己喝药，然后再用嘴渡进他口中。

耳根忍不住一阵发热，她只得尴尬地别开视线，佯怒道："看什么看？"

"你好看。"慕容锦夜轻笑，却因动作牵动了胸口的伤，整张脸霎时苍白得没有一丝血色。

疼，钻心的疼，可还是不忍闭上眼睛休息，就怕她再次跑了，这一次，他又如何能追得上呢？

他从不知自己对爱情会如此患得患失，可面对她，他真的看不清，猜不透。

"哪里好看？"她轻轻吸了一下鼻子，感觉眼眶一阵发热，心里酸酸的。不知道为什么，自打落崖后，她就特别容易被感动，眼泪也跟着不值钱了。

"别哭，我会心疼。"他吃力地伸出手，轻轻碰触她冰凉的脸颊，"七歌，你还活着，真好。可是不要再跑了，我现在这个样子，恐怕追不上了。"

说着，眼眶发热，有什么涌出来，划过脸颊，最后没入衣襟。

"不跑，这次不跑了。"她轻轻握住他的手，俯身，温热的唇轻轻吻过他冰凉的脸颊。

第一次，她吻她；第一次，她这么坦诚地看着他。

慕容锦夜看着她，就那么紧紧地握着她的手，直到很久以后，睡意让他迷茫，薄唇再次传来一阵温热的触感，苦涩的药汁被她轻轻送进口中。

苦涩的药汁涌进喉咙，带着一股辛辣。他想要睁开眼，却被她冰凉的掌心覆住眼脸。

"别看。"她轻轻地道，再次含了一口药渡进他口中。

金色的暖阳从洞开的窗棂洒进来，仿佛在他们身上裹了一层薄纱，让门口的春花看得眼眶发热。

"怎么了？"王老实领着赤脚大夫走过来。

"去去去，别看。"春花抿唇一笑，转身把两个大男人推了出去。

门口的脚步声惊动了盛七歌，她抬头，只看见春花笑眯眯地站在门口："妹子。"

脸腾的一红，她连忙站起身："那个……我给他喂药。"说完，扭头狠狠地瞪了床上的人一眼。

慕容锦夜虚弱地笑了笑，扭头看向春花，喊道："春花嫂子。"

春花一愣，没想到他认识自己："你怎么知道我？"

慕容锦夜狡黠地眨了眨眼："怎么会不知道。等我好了，春花嫂子不是还要给我和七歌办婚礼吗？"

　　"呵呵！"春花红着脸笑了，"小伙子，你比七歌妹子实诚多了。"

　　夏日的风，带着一丝灼热，却让人格外舒服。许是这些淳朴的人，许是这安静的生活，有那么一刻，慕容锦夜看着盛七歌绯红的脸，心底溢出一种渴望，如果能和她在一起，哪怕就此留在这里又如何？

　　想到这里，他忍不住抿唇笑了笑，那笑容看在盛七歌眼中，仿佛一阵突然吹入心湖的微风，不是很大，却足以掀起无边的波澜。

第六章
CHAPTER
06

祸事临头

（1）缠绵

小镇的生活安静恬淡，盛七歌每天早早起床，跟着春花一起生火做早饭、熬药，下午会用轮椅推着慕容锦夜去院子里晒晒太阳。

慕容锦夜的伤恢复得不错，不过七八天的光景，已经能自己扶着东西站起来。

晚上王老实打猎回来，几个人团团围坐在长桌旁闲谈，或是喝点小酒。

慕容锦夜伤还没好，盛七歌不许他喝酒，他便看着王老实。

王老实人如其名，很是老实，一口把碗里的酒喝了，笑道："等兄弟你伤好了，咱们再喝个痛快。"

一旁的春花却一把揪住他的耳朵："喝喝喝，就知道喝，要喝也可以，咱们就喝七歌妹子和慕容兄弟的喜酒，你说怎么样？"话一出口，便见盛七歌红了脸，倒是慕容锦夜一副兴致勃勃的表情。

王老实也跟着笑，一顿饭吃到月上柳梢，几个人才散了。

入了夜，微风吹着树梢发出沙沙的声响，睡得极不安稳的盛七歌猛地从梦中惊醒。

"怎么了？"昏暗中传来一声关切的询问。

"慕容锦夜？"借着淡淡的月光，盛七歌好笑地看着对面床铺上的慕容锦夜正支着下巴看着她。

他身上穿着王老实的布衣，少了华服的装点，倒显得整个人越发真实。

"做噩梦了？"他抿唇轻笑，眉眼中绽放几许光华，让人不忍移开视线。

她轻轻摇了摇头，翻身坐起，走过去将他扶起来靠坐在床头。

"七歌，你有没有想过离开这里？"他突然出声，身体微微绷紧。那一刻，他似乎感觉到了她的迟疑。是的，这些日子过得太轻松，以至于谁也不敢提及回长安或永州的话题。可是不说，不代表问题不存在。他们有太多的身不由己，离开，或许便意味着别离。

那种失去的痛，即便只是想想，都让人痛彻心扉。

他伸手抱住她的腰，下巴轻轻抵着她的肩，温热的气息喷洒在她细腻的皮肤上，引得她微微战栗。

情丝缕缕，被缠住的又岂止是他？

盛七歌回手抱住他，目光灼灼地与他对视："那你呢？你舍得下这天下，舍得下权势？"她佯装平静地问，却只有她自己知道，胸膛里的那颗心是如何狂跳着，既渴望他的答案，又害怕他的答案。

他给她的情太过炙热，与魏恒的细水长流截然不同。

她怕烫伤自己，却又无法控制地飞蛾扑火。

慕容锦夜轻轻捧起她的脸，霸道地亲吻她的唇，似乎是在无声地告诉她他的决定。

而她用力回吻他，仿佛在宣告自己的决心。

良久，直到她几乎喘不过气来，他才放开她，微微汗湿的额头轻轻抵着她的："七歌，如果可以，我愿一生一世和你留在这里。所以，再也不要逃开

了，不要让我找不到你。"

　　慕容锦夜伤愈的时候，两人在小小的院落里举行了一个简单而温馨的婚礼。

　　没有十里红妆铺路，没有八抬大轿迎门，她站在小小的院子里，由春花牵着走到慕容锦夜面前。他穿着一身大红的蟒袍，长发用玉冠束在头上。远远看去，她突然有一种落泪的冲动。她曾想过魏恒带着十里红妆来接她，想过他掀开她头纱的刹那会是怎样的表情，可这些终归只是她幻想的曾经。

　　现在真真实实站在她面前的，是慕容锦夜。没有那么多的浮夸，只是抿唇一笑便足以让她心潮涌动。她想她爱着这个男人，无关乎他的身份和地位，只是心之所向。

　　他牵着她的手，仿佛牵住了整个世界，一切世间的纷扰仿佛在这一瞬间都变得微不足道。

　　他静静地看着她，耳边是爆竹的声音，还有春花爽朗的笑声，他们深情相望，成为彼此的唯一。

　　"一拜天地！"

　　"二拜高堂！"

　　"夫妻对拜！"

　　然后，她被春花牵着送进新房。

　　红烛影影绰绰地燃烧着，她目光微敛，低头看着掌心躺着的一张字条，心里说不出是苦涩还是迷惘，抑或是难以抉择的痛苦。

　　字条上写了什么，她一直不敢看，怕看了，就真的回不了头了。

其实七天前，盛二已经找到了他们，并且送来了永州的消息，只是她不敢看，不敢想，她想留在这里，不理世间纷扰。可是她真的能吗？

"咯吱"，虚掩的房门被推开，她慌忙把字条塞到锦被下面。

"七歌！娘子！"金属般充满磁性的声音在头顶响起，一双绣着鸳鸯的黑色长靴映入眼帘。

慕容锦夜脸色微微泛红，带着几分酒意的双眸深深地凝望着端坐在床上的女人。

绯红的嫁衣，交叠在身前的手，从没有一刻，能让他如此兴奋，仿佛胸腔里的那颗心随时都要跳出来一样。他几乎是跌跌撞撞地走过去，从八仙桌上拿起秤杆挑落她头上的红纱。

这一刻，他不再是太子，她也不是盛家的大掌柜，他们不过是世间一对普通的男女。他近乎虔诚地捧起她的脸，四目相交，他轻喊："七歌，七歌，七歌。"他一遍遍呢喃，一遍遍轻吻她，仿佛对待最珍贵的宝物。

盛七歌微微仰着头："慕容锦夜。"

"不。"他轻笑着抬起她的下巴，"是相公。"说着，他低头霸道地吻住她的唇。

他从来都不是温柔如水的人，他只是爱上她，心甘情愿地把自己全然摊开在她面前而已。

在她面前，他甘愿抛开冷漠疏离的外表，只想把最炙热的自己交给她。

屋内的气温仿佛一下子升高了，她从没见过这么热烈的慕容锦夜。

许是借着酒意，他的眸光中竟是含了几丝邪魅，诱惑着她不断回应他霸道的吻。

"七歌，我爱你。"一股说不出的感动瞬间涌上心头，他微微红着眼，呢喃道。

（2）盛家之危

龙景十七年夏。

从长安运往安定前线的一批甲胄出现严重的做工问题，甲胄韧度不够，无法有效地抵挡敌军刀剑，导致安定战场出现了有史以来最惨烈的一次伤亡。

由安定回到长安的皇帝慕容宇大怒，勒令时任辅国大臣的张栋梁和太子舍人尹维调查此案。与此同时，慕容宇暗中派人寻找失踪的太子下落。

半个月后，张栋梁查出参与这批甲胄制造的永和米行长安分号掌柜孟奇利用劣质竹坯代替上等藤条制作甲胄，从中谋取巨额暴利，涉嫌贪污金额达到三百万两。

慕容宇大怒，立刻下令查封永和米行，盛家一百三十二口全部扣压，由永州押解京城。

彼时，长安城外八十里的一个偏僻的村庄里，两个不速之客偷偷潜入了一户人家。

破败的木门上贴着大红的囍字，院子里还有爆竹爆炸后留下的一片狼藉，两道人影快速地蹿进了后院。

"你家主子真的在这里？"尹维看着破败的小院，嫌弃地直皱眉，扭头看了一眼面瘫脸的影卫。

影卫点了点头："昨天收到消息，主子确实被一个叫王老实的猎户救了。"

尹维瞟了一眼贴着大红囍字的窗棂，抿唇勾出一抹诡笑，蹑手蹑脚地来到窗下，伸手点破了窗纸。

旁边的影卫立即伸手挡住了窗纸上的小洞，一脸冷凝地看着尹维。

"好好好，我不偷看便是。"尹维不甘地又瞟了一眼窗棂，"现在怎么办？叫人？打扰人家洞房花烛夜不好吧！"会遭天谴的。

影卫犹豫地抬头看了眼天色，决定守在门外，等到天明。

天光微微放亮的时候，向来浅眠的盛七歌悠悠转醒，她凝眉看了眼身旁的慕容锦夜。

她成亲了，嫁给了慕容锦夜。到现在她都觉得好似做了一场梦，可梦总有醒来的一刻。

她悄悄下了床，从锦被下面拿出那张字条。借着还很微弱的晨光，她轻轻把它展开了。

盛家受牵连，孟奇被慕容嵩推出来替罪，一百三十二口全部由永州押往长安。

字条上不过寥寥数字，却生生把盛七歌从这场美梦里拽出来。这时，窗外传来一阵细微的脚步声，她微微挑了挑眉，走过去拉开了虚掩的窗棂。

"别来无恙啊，盛家丫头。"尹维笑眯眯地站在窗外，身后站着脸色阴沉的影卫。

盛七歌将薄唇抿得死紧，目光冷冷地看着尹维，好长时间才轻轻点了点头，指了指窗外。

尹维没说话，目光扫过床榻上沉睡的人。

不知道是不是因为大病初愈，昨晚又太过兴奋，慕容锦夜睡得极沉，倒是心中揣着事的盛七歌早早醒来，可这一刻，她甚至觉得，若是自己没有醒来该多好。

尹维带来的消息坐实了盛二的消息，盛家确实如同她料想的一样被孟奇卷了进去，慕容嵩顺势推孟奇顶罪，整个盛家现在如同砧板上的鱼肉，任人宰割。

"皇帝因为此事气急攻心，早年上战场时落下的旧疾复发，情况很不好。几个皇子已经全部回长安，有人已经提出太子下落不明，改立慕容嵩为太子。"尹维难得沉着脸，语气严肃地道。

盛七歌一点儿也不意外，慕容锦夜一死，慕容嵩必然会毫无顾忌地出手争夺太子之位。一旦慕容嵩继位，不仅慕容锦夜和盛家都得死，就连一直拥护慕容锦夜的尹家也势必会受到牵连。

慕容嵩为人很辣，手段恶毒，一旦真的坐上皇位，天下必然大乱。

盛七歌凝眉沉思，身侧的手紧了又紧，尖锐的指甲掐进掌心，殷红的血从指缝间溢出。

有时候命运就是如此，或许你可以猜到开始，却永远猜不到结局，而有些人，注定无法选择。比如她，比如慕容锦夜。她没办法真的撇下盛家一百多口人的性命独自苟活留在这里，慕容锦夜也无法真的看着后齐落入慕容嵩手里。即便两人此时都决定留下，难保几年后不会后悔。

她是盛七歌，他是慕容锦夜，她们所代表的从来就不是自己那么简单。

"盛姑娘，我们必须回去。现在局势几乎是一边倒，如果太子不回去，以后必然永无安宁之日。慕容嵩可以杀他一次，便有第二次，帝王之侧，哪容他人安睡？"尹维的目光掠过她的脸，微敛的眸子里透出一股杀气。

她相信，如果她执意要留下慕容锦夜，尹维绝对会在转瞬间要影卫杀了她。

沉默，空气中却流动着一股风雨欲来的气息。

好长时间，尹维的心都是紧绷着的，他不希望盛七歌死在自己手下，可是为了慕容锦夜，必要的时候，他必需那么做。

盛七歌突然轻叹一声，转身进了内室，出来时，已经换上一套利落的短衫。她站到窗前，从洞开的窗棂看了床上的慕容锦夜最后一眼，什么也没说就转身离开了。

尹维看着她离开的背影，突然叹了口气，扭头看了眼影卫："待会儿你家主子醒了，可千万别说我来过。"说完，他追着盛七歌而去。

如果慕容锦夜醒来发现尹维把他媳妇弄没了，还不得将他大卸八块喂狗？

影卫沉着脸目送尹维离开，直到他的背影消失在门外，屋内传来一阵细碎的脚步声。虚掩的门被推开，慕容锦夜寒着一张脸站在门外，阴冷的目光看着院门发呆。

其实他早就醒了，或许比盛七歌还要早。

盛七歌压在锦被下的字条他昨晚就偷偷看过了，他在等，等她的抉择。当她推开房门离开的那一刻，他的心突然放松下来，不是放不下权势，只是不想她难过。如果盛家一百三十几口全部被他父皇杀死，他和她之间便又多了一道无法解开的心结，并且会随着时间的推移越来越大。

"主子！"

"回长安吧！"

他突然转身，背对着影卫看了眼窗上贴着的大红囍字，眼眶微微发红，心里说不出的难过。

其实有些人的命运是在一出生就注定好的，比如他，比如盛七歌。他以为自己可以一生守着她，躲在这平静的山村里做一对平凡的夫妻，可那不过是一场梦，一场在未来很多年都让他念念不忘，求而不得的梦。

慕容锦夜回到长安后第一时间进宫面圣。

安阳殿里，慕容宇面色苍白地躺在龙床上，见到一脸风尘仆仆的慕容锦夜时，满是褶皱的脸上露出一丝笑容。

他吃力地从床上坐起来，一把拉住慕容锦夜的手："吾儿，你可回来了。"言语间关怀备至。

慕容锦夜眼眶一红，"扑通"一声跪倒在地："孩儿不孝，让父皇担忧了。"

慕容宇伸手将他拉起："你回来便好，只是……"说着，他原本有些浑浊的双眼射出两道寒光，"送到安定前线的劣质甲胄之事，你可知晓了？"

慕容锦夜微微点了点头："尹维告知孩儿了。"

"你怎么看？"

慕容锦夜抿唇不语，从怀里取出一本账册递给慕容宇。

慕容宇翻开账册一看，本就没有血色的脸越发苍白了，他猛地一拍床头，目光冷沉地看着慕容锦夜："这可是真的？"好一个慕容嵩，他的好儿子，竟然联合荣升凤家在军需甲胄上动手脚。

"千真万确。这本账册是永和米行的孟奇与荣升凤家之间的交易账册，其中涉及金额分毫不差。另外，孩儿这里还有几封慕容嵩写给孟奇的信笺。"说着，他又拿出慕容嵩给孟奇的信。他离开长安去找盛七歌之前便已经安排好了一切，慕容嵩能顺利地和孟奇、荣升凤家拿下这笔买卖，很大程度上有他暗中促成的因素。

当他察觉慕容嵩和孟奇频频接触之后，他便知道慕容嵩要有所动作了。而这时候，兵部突然下来这么大一笔单子，整个长安的商号几乎没有人不想接这单买卖。

自古以来，除了盐商之外，最挣钱的买卖便是制造军需用品。

慕容嵩急急接触孟奇和荣升凤家，打的不外乎是银子的主意，一旦慕容嵩把主意打到这批军需甲胄上，慕容锦夜就不怕他不出手。

果不其然，蠢蠢欲动的慕容嵩真的在甲胄上做了文章。

虽然他适时把孟奇推出来顶罪，可是他绝不会想到，荣升凤家其实早就投靠了慕容锦夜。这次的事，几乎是毫无悬念地便可以将慕容嵩置于死地。

慕容锦夜抿唇看着慕容宇，白玉凝滞般的脸上没有丝毫表情。

现在，他只要等，等父皇的决定，等慕容嵩的最终下场。

慕容宇扬眉看着自己的大儿子，忍不住叹了一口气："这事，就交给你处理吧。至于慕容嵩，他确实不该再留在长安了。"说着，双眼露出一丝疲惫，朝他挥了挥手，"你先回去吧。"

"父皇。"慕容锦夜突然出声。

"还有什么事？"

"关于盛家……"

"盛家的事朕自有主张，你先下去吧。"慕容宇摆了摆手，要他下去。

出了安阳殿，慕容锦夜只觉得浑身一阵冰凉。

父皇扣着盛家人，到底是何用意？

难道真的要收拾盛家？

他不敢想，如果盛家一百三十几口全部被问罪，自己与盛七歌之间本就微薄的联系会不会因此被扼杀？

而他，到底能不能保住盛家和盛七歌呢？

他有些恍然，却越发猜不透父皇的心思了。

（3）入狱

安阳殿里灯火通明，然而本该缠绵病榻的皇帝却并不在床上。

384年，慕容宇建安阳殿，殿内布置了很多密道，其中最为隐秘的一条，直接联通慕容宇的寝殿和一个冰室。

据说慕容宇建完安阳殿后的第二天晚上，有人看见一辆马车载着一副冰棺进了安阳殿。冰棺里躺着一位绝色美女，但显然已经死去多时。

慕容宇推开密室的门，一股冷气扑面而来。通过了长长的甬道，面前是一座冰室，中央一张白玉方台上摆着一副冰棺。

"霓裳。"他轻喊一声，浑浊的眼中带着一种疯狂的执念。他轻轻走过去，俯身看着冰棺里的人："霓裳啊霓裳，转眼二十年过去，你还是这么年轻，还是当初的模样，可朕却老了。"他抚了抚眉角，却如初恋时一般，脸上带着微微的红。

冰棺里的女人自然无法回答，他却已经习惯了这种只有两人的静默。

苍老的手隔着厚厚的冰棺轻抚她略显苍白的脸，眼中带着一丝迷离："霓裳，我想，我就快要看到你和他的女儿了。你想见她吗？要是想，我就带她来见你。"

不知是不是年迈的身体已经经不起这冰室的冷意，不过一盏茶的工夫，慕容宇的脸上就覆了一层薄薄的霜露。他不舍地看着冰棺里的人，仿佛又回到了好多年前，那时她还是鲜活的，那时他还可以牵着她的手。可世事变迁，造化弄人，他费尽心机得来的，其不过是她的一具骨骸。

他能留住她的躯体，却没能留住她的情感。

出了密室，慕容宇唤来宫人，张栋梁已经在殿外等候多时。

"张大人，进去吧！"宫人朝张栋梁点了点头，两人先后进了安阳殿。

慕容宇此时早已躺回床上，一双垂暮的眼波澜不惊地看着张栋梁："爱卿，你觉得慕容锦夜怎么样？"他开门见山地问道，目光如同一把利刃，刚好悬在张栋梁的头上。

张栋梁如履薄冰地点了点头，心中却猜不到慕容宇的意思。

"兴儿有治国之才，把国家交给他，朕很放心。可朕放心不下内忧外患，慕容嵩便是个例子。"

张栋梁连忙跪倒："臣必竭尽所能辅佐太子。"

"咳咳。"慕容宇猛地咳了几声，脸色越发苍白了，"栋梁，你跟了朕多年，朕放心你，慕容锦夜和沄熙的婚事，也该提一提了。"

张栋梁微微露出异色，心中却是暗喜。

"臣明白。"

"还有……"慕容宇紧紧地闭了下眼睛，眼前仿佛又浮现出霓裳绝色的容颜，"盛云清是盛七歌的爹，你暂时先不要放，直到慕容锦夜和泛熙大婚之后再另作打算。另外，盛家出事，盛七歌肯定回长安了，把她抓起来。朕不想节外生枝。"

张栋梁讶异地看着慕容宇，似乎没想到盛七歌与慕容锦夜的事皇上早已知晓，此番决定，必然是要确保泛熙和太子的婚事没有意外。

"好了，先下去吧！"慕容宇疲惫地朝他挥了挥手。

慕容锦夜从宫里出来后，第一时间跑去梦园找盛七歌，结果梦园早已人去楼空，他又找到当日影卫暗中跟着盛七歌到过的那条小巷。

敲开小院的门，少年从门内探出头来："你找谁啊？"

"你家掌柜的在吗？"他探身朝里面望去，果然见盛二在院子里喝茶。

去救盛七歌的时候他曾经见过盛二，知道他是盛七歌的人。

"盛二先生？"他凝眉唤了一声。

盛二抬头，眼中露出一丝诧异，疾步走来一把揪住他的领子："我家掌柜的呢？"

慕容锦夜微愣，心中隐隐升起一丝不安："七歌没回来？"

盛二也微微诧异："她没跟你一起回来？"

慕容锦夜心底一凉。是啊，长安出了这么大的事，不知道有多少人盯着她呢，她又怎么会回梦园和这里呢？

他失魂地看着盛二，苦笑着挣开他的手："我会找到她的。"

盛二静静看着他离开，紧抿的唇角微微勾出一抹浅笑，转身进了院子，朝少年道："去晋王府送个信，太子回来了。"

慕容锦夜躲在巷口，直到看着少年匆匆忙忙出了院子，转眼上了路边的一辆马车。

马车沿着长街直奔晋王府的方向。

慕容锦夜抿唇轻笑，好你个盛七歌。他怎么就没想过，她会躲在晋王府？

怕是连慕容嵩也不会想到凤楼会收留盛七歌。

慕容锦夜一路跟着少年的马车来到晋王府。

这时已经过了掌灯时分，少年将马车停在晋王府外的小巷里，自己摸黑来到晋王府的后门。开门的是个年岁不大的小丫鬟，两人耳语了一会儿，少年又折回了小巷。

等少年离开，慕容锦夜从暗处走出，刚想潜进去找人，远处的长街尽头却传来了一阵凌乱的马蹄声。羽林军转瞬便将晋王府的正门围住，慕容锦夜赶忙闪身躲起来，眼睁睁看着羽林军冲进晋王府，心中一阵懊悔。

他来晚了，没想到父皇下手这么快，一旦晋王被抓，盛七歌必然也会被抓。他心急如焚地看着乱成一团的晋王府，这时，一抹身影闯入眼帘，是尹维。

尹维跟在张栋梁的身后进了晋王府，不多时，晋王被带了出来，好在只有晋王。他长长地出了口气，刚欲转身，眼角却突然瞥见一抹素白，盛七歌随后被两名羽林军押着走了出来。

心"咯噔"一沉，他极力隐忍着冲过去的冲动。这种时候，他能做的，只是一遍一遍地告诉自己，不能冲动，否则事情只会越发恶化。

慕容锦夜连夜进宫面圣，却被宫人拦在安阳殿外。

"太子还是请回吧，皇上不会见你的。皇上要老臣给太子带个话，明儿个皇上会亲自给您赐婚，对象是张大人家的千金。还有，盛家的事，太子不要再过问了，只要太子顺利大婚，皇上自然会放盛家一条生路。"

宫人说完，扬眉看了他一眼，忍不住多嘴道："太子殿下，您可以回去了，就算站到天亮，皇上也不会见您的。"

要他娶张沄熙？

慕容锦夜凝眉望着安阳殿紧闭的大门，心中却如同被泼了热油，久久无法平息。

宫人见他执意不走，无奈地摇了摇头，要小太监取了一件披风搭在他肩上："太子殿下还需保重身体，这盛姑娘能否安然回来，还看太子您的选择，切不要意气用事。"说完转身进了安阳殿。

慕容锦夜在安阳殿外整整站了一夜，直到次日早朝，赐婚的圣旨依旧还是准时下了。

慕容嵩被以礼佛的名义送离长安，关于用劣质竹坯制作甲胄一案在张栋梁和尹维的运作下不了了之，盛家人虽然暂时被关押，但是并没有定案判刑。

慕容锦夜捧着圣旨在安阳殿前跪了一夜，慕容宇依旧不见。到了第三日，慕容宇要宫人送来一道圣旨，慕容锦夜打开一看，脸色瞬间变得如死灰一般。圣旨落地，忽而一阵风吹来，只见那明黄纸张之上赫然写着：盛家一百三十二口，男子充军，女子发配官乐坊为妓。

空中飘起丝丝细雨，把那明黄纸张连同他灼热的心一并浇凉。冰凉的水珠顺着发丝滚落，他却仿佛没有丝毫感觉，只是冷冷地看着夜幕下黑洞洞的安阳殿。想起好些年前他看见的那个冰棺里的女人，想起他与盛七歌在那个隐世小村里平静的生活。

或许那时她就已经想到，她跟他，其实从来都没有在一起的可能。

不，他不甘心。

他弯腰捡起地上被雨水打湿的圣旨，唇抿成一条直线。

盛七歌被关押在天牢。

三天，她已经被关押了三天，在此期间没有任何人来审问她，除了最开始尹维来看过她一次，却始终没有说话。

她安静地坐在角落里的草垛上，老鼠时不时从墙壁的缝隙里蹿出来，有时候经过她的脚面，有时候撞翻她面前的水碗。

门外的铁锁发出一阵窸窸窣窣的声响，她微微抬起头，厚重的铁门从外面打开，逆着光，她看不清那人的容貌，只知是名女子。

环佩发出清脆悦耳的声音，少女扭身在狱卒的耳边说了些什么，狱卒为难地看了眼角落里的盛七歌，转身将牢门合上。

"你就是盛七歌？"少女抿唇轻笑，光影中的面容娇艳妩媚，浑身上下散发出一种娴静的气质，与这肮脏潮湿的牢房显得格格不入。

盛七歌始终敛着眉，目光在少女身上停顿了片刻："姑娘是张大人的千金？"慕容锦夜本该娶的女人，不，或者说，用不了多久，慕容锦夜就会娶她的。

皇帝病危，慕容锦夜回宫，为了巩固太子地位，就算慕容锦夜不想娶，皇上也必然会逼着他娶的。当然，自己也许就是皇上逼迫慕容锦夜的筹码。

帝王权术，古往今来一直如此，她虽然看得透彻，可到底还是心如刀割。

"嗯。"张沄熙点了点头，居高临下地打量着面前的女子，很难想象这个看起来娇小单薄的女子竟然掌管整个盛家，开通水运，建造钱庄，缔造了百年盛家的又一个经济狂潮。她似乎能理解慕容锦夜喜欢她的原因，却也更加嫉妒。

"一个月后，我会嫁进太子府。"她淡淡地说，目光不曾离开盛七歌的脸，然而她终是失望了。

没有嫉妒，没有愤怒，甚至是波澜不惊的，好像她早就料想到一样。

"你不生气？"

"气什么？气他要娶你？"

张沄熙点了点头。

盛七歌冷冷地看着面前的少女："可他不爱你。"

"可他一定会娶我。"张沄熙的眼中闪过一丝轻蔑，虽然只是一闪而过，却没能逃过盛七歌的眼睛。

"是吗？"盛七歌抿唇轻笑，笑容却未及眼底，"可他也会有无数个女人。"她冷冷地看着张沄熙，深沉的目光中带着一种与生俱来的魄力，仿佛一把披荆斩棘的刀，在久经战场之后变得越发寒气袭人。

张沄熙莫名地感到一股寒意从脊背蹿起，那一刻，她甚至突然生出一种冲动，无论是于她还是于慕容锦夜，这个女人都不能留。

她强迫自己镇定下来，目光盈盈地看着盛七歌。好长时间的沉默过后，她才深吸了一口气，脸上带着一丝笑容："我听尹维说，盛姑娘是个奇女子，今日一见，果然不同凡响。"说罢，她提起裙摆转身出了牢房。

厚重的铁门再一次在她的面前合上。这一次，盛七歌深深地将头埋在膝间，任由眼眶中的泪水奔涌而出。

她不是不在意，不是不难过，可那又能如何？

就算她决定不回长安，可慕容锦夜呢？总有一天，他还是会回来的。正如她第一次见他时的感觉，他是一匹狼，或许一时可以隐忍，但总归有无法隐藏本性的时候。这乱世天下，纷争不断，你不杀他，他必杀你，又何来真正的平静可言？

盛家一劫，只怕早就是被人安排好的一步棋。是皇上？抑或是慕容锦夜呢？

思及此，她又忍不住发出一阵冷笑。

这时，牢顶的气孔上传来一阵轻微的声响，一只娇小的云雀从气孔钻了进来。

云雀轻轻落到她的肩上，红色的喙轻轻啄了下她颈间的皮肤。

"小东西。"她抿唇轻笑，从云雀的脚上拆下字条，云雀又啄了下她的脸，随后展翅飞走了。

太子下月大婚，老爷夫人无事。看皇上意思，是要逼婚。孟奇昨日于狱中自缢。荣升大族长异位，是皇上的人。

字条是盛二送来的，带来的信息量很大。

冷笑着将字条揉烂，盛七歌仰头看着头顶那一方小孔，突然生出一种疲惫之感。百年盛家，看似风光无限，可谁又知道，她们也不过是皇帝手中的一颗棋而已。

时逢乱世，又哪里来的百年世家？无外乎是皇室手中一个敛财的工具罢了。

盛家人皆知盛二武功绝伦，来历神秘，却不知盛二既不是盛家的人，也不是她盛七歌的人，他是皇上的人。

盛二送来字条，不过是传达了皇上的意思。

慕容锦夜必需娶张沄熙，而盛家，在慕容锦夜大婚之后会安然无恙，依旧是那个风光的百年盛家。

第七章
CHAPTER
07

金屋藏娇

（1）大婚

指婚的圣旨一下，宫里便已经开始大张旗鼓地准备太子的大婚典礼。

七月中旬，慕容宇的病已经有所起色，安定的战事也略有缓和，频频传来捷报。

从离开小镇之后，慕容锦夜一直未见过盛七歌，后来再去找盛二，却是人去楼空。慕容嵩被送出长安，凤楼并没有跟着离开，而是重新回到了凤家。

"想什么呢？这大婚眼见就要到日子了，怎么不见你脸上有半分笑意？"尹维伸手拍了拍慕容锦夜的肩。

慕容锦夜轻抬眼帘，波澜不惊的脸上没有丝毫笑意。

"算了，算我多嘴。"尹维一笑，坐在他对面的石椅上，目光掠过石桌上的茶杯时微微一愣，"君山银针？倒是盛家丫头最喜欢的。"说完才察觉这个时候提起盛七歌不识时务。

干巴巴一笑，他将茶一饮而尽："昨日皇上召见我了。"

慕容锦夜微微侧目："所为何事？"

"一件你意想不到的事。"连他都没有想到，皇上竟然要他将查封的全部产业归还盛家，并且暗中见了盛云清。

慕容锦夜抿唇冷笑："父皇不会动盛家，他要的，只是逼我娶张沄熙。"一点，他心知肚明，单凭父皇对盛七歌生母的情谊，他也不会动盛家。只是当年的旧事他还不甚清楚，父皇的底线在哪里，他不敢赌，亦不敢拿盛七歌的命去赌。

"为什么？"尹维大为不解，"皇上似乎与盛云清早就相识。"

"这个你无须知道，只是当年的一些旧事。"那年他也不过十来岁的年纪，一次躲进父皇的寝宫玩，偶然间看见父皇打开内室的密室，他便偷偷跟了进去。

密室里很冷，四周的石壁上结了厚厚的一层霜，到处都是冰块。密室的中间摆着一张冰台，上面是一副冰棺，里面躺着一名年轻女子。

他记得小时候自己随父皇母后征战讨伐，辗转很多地方，父皇似乎无论到哪里都带着一副玄铁寒石打造的棺椁。他记得母后每次提及棺椁里的人时，脸上都带着一种愤恨的表情。那时他还不懂，直到后来长大成人，他差人暗中调查当年的一些旧事，才知道那玄铁寒石棺椁里装的是一副冰棺，里面的女人叫霓裳。

霓裳是当时永州盛家大掌柜盛云清的夫人，在生下女儿盛七歌的时候难产而死。至于霓裳的尸体为何会在父皇这里，却无从知晓，只知道父皇年轻时曾在永州待过一段时间，并且结识了当时还没有接手盛家的盛云清。

至于三人之间的爱恨纠葛，他曾问过母后，母后只是摇头说了一句："不过是你父皇自作多情罢了。"之后便再未提起。

尹维沉默了片刻："有句话，我一直想问你。"

慕容锦夜抿唇不语，轻轻抿了口茶，感觉那茶香在口中缭绕，最后变成

一股苦涩，绕成无数情丝。

"对盛家丫头，你可是动了真心？"尹维定定地看着他，表情前所未有的严肃。

他可以感觉到慕容锦夜与盛七歌之间若有若无的情愫，只是没想过已经到了情根深种的地步。

慕容锦夜未答他的话，幽幽起身，目光微凉，看着天牢的方向。

那里关着他心中的人，无法相见，只能任凭思念泛滥成灾。

微敛的眉宇间闪过一丝杀气，从没有哪一刻让他觉得权力是如此的重要，坐上那个位子，便意味着他可以掌控自己，抑或是千千万万人的命运。

七歌，你等我，有一天，我必将十里红妆迎你进宫，让你做这天下最尊贵的女人。

他心中暗暗发誓，却不知对于盛七歌而言，这样的誓言已经显得多余。

曾经，也有人这样对她说过，可末了，不过是相见已成陌路。

七天后，终于到了太子大婚之日。

十里红妆，大红蟒袍，金顶十六人抬大轿，一切的一切，仿佛又回到昨日，只是身边牵着的人却不是她。

琼浆玉液入喉，却只觉得辛辣苦涩。慕容锦夜看着满院的宾客，眼眶忍不住有些发红，握杯的手紧了又紧，直到"啪"的一声脆响，酒杯碎裂，尖锐的碎片刺入掌心，殷红的血从指缝间溢出。

可他感觉不到疼，他只想着天牢里的七歌，她是不是比他更疼？

　　那一刻，他真的想闯进天牢，告诉她："我谁也不会娶，我的娘子从来只是盛七歌！"

　　一只大手从他身后伸出来，死死地按住他的肩膀："公子，你醉了。"尹维寒着脸将他拉到暗处，"公子，已经走到这一步，你无法回头。"

　　这世间的情事，到底是有缘无分，情深缘浅。

　　慕容锦夜紧抿着唇，仰头看了眼夜空，有冰凉的液体从眼角滚落："尹维，带我去见她。"

　　"你疯了？这是你大婚的日子。"尹维难以置信地看着他，难道他真要逃婚不成？

　　"正因为此，我才要见她！尹维，我要见她！"他坚定地看着尹维，眸子里是藏不住的痛楚。

　　沉默了片刻，终是抵不过他的坚持，尹维无奈地叹了口气："好吧，但是你保证，三更之前一定要回来。"

　　"好。"

　　昏暗的灯，潮湿阴冷的石阶，厚重的铁门被推开，蜷缩在草垛上的人只微微挑了挑眉，以为又是送饭的狱卒，便意兴阑珊地摆了摆手。

　　今日，是他和张沄熙的大婚之日吧！

　　她埋首在臂间，背对着铁门，心里说不出是悲痛还是愤怒。可这些都是无用的，事已成定局，谁也无力挽回。

　　眼眶还是发涩，却没有泪，许是都流进了心里，许是她足够坚强。

脚步声从身后响起，身体被人从背后猛地抱住，熟悉的气息带着淡淡的酒气，是他。

他终归来见她了？在他大婚的日子？

唇角勾出一抹苦笑，盛七歌猛地转身，还未来得及开口，冰凉的大手已经挑起她的下巴，炙热的吻铺天盖地地落了下来。

他无法倾诉思念，便只能用吻寻求她的回应，感受她还真真实实地在他怀里。

良久，直到她快要不能呼吸，慕容锦夜才结束这个吻，双臂却依旧死死地抱着她。

"七歌，七歌，七歌。"他一遍一遍反复呢喃，仿佛只有这样才能确定她是真的，而不是午夜梦回时的一抹幻象。

"你怎么来了？今日可是你的大婚之日。"她抿唇冷哼，强迫自己不要流泪，不要心软，不要求他不娶张沄熙，因为她才是他的妻。

感觉到他身体的僵硬，她强装冷漠地抬起头，目光冷冷地看着他："慕容锦夜，再也不要来见我，从此你我最好永不相见。"治疗情伤最好的药是时间，也许他此刻爱着自己，却终归有一天会随着时间遗忘，他是天下最高贵的人，她只是一介布衣，如此结局，未尝不好。

慕容锦夜被她眼中的冷漠刺伤，不相信她竟然说出这么决绝的话。

"七歌！"他大喝一声，仿佛被一记重锤狠狠地砸在胸口，疼得无法呼吸，"别这样，相信我，总有一天我会让你做这天下间最尊贵的女人。"

盛七歌静静地看着他，目光波澜不惊，却仿佛就此看进他的灵魂，薄唇一张一合，吐出世间最残忍的话："慕容锦夜，难道盛家有此一难你就没有想过为什么？难道孟奇与慕容嵩联手不是你一手促成？你早知道他们会在这批甲胄上做文章，来永州追我之前，你是不是就已经安排好一切？你不回长安，等的也不过是尹维和张栋梁联手扳倒慕容嵩。"她像是在讲别人的故事，神情平静，就好像他第一次见她一样，聪慧敏捷，狡诈如狐。

慕容锦夜的身体一僵，狼狈地退后两步："你都知道了？"

盛七歌抿唇苦笑："慕容锦夜啊慕容锦夜，从我第一眼看见你开始，就知道你是什么人。你隐藏你的本性，一直都以表面的冷漠淡然掩饰内心的欲望，对权力的欲望。"

"你就这么看我？"他亦是苦笑，"是，一切确实是我安排好的，只是我从没想过自己对你的感情会成为我的绊脚石。可是在崖下小镇的那段日子，确实是我此生最开心的时光，我甚至打算放弃一切跟你厮守在一起。"

"可是我们都有放不开、舍不掉的东西。"盛七歌苦笑，微微侧过脸，看着头顶的气孔。有微弱的月光从那里射下来，照在她身上，似笼了一层淡淡的薄纱，让他有种片刻间她便要灰飞烟灭的错觉。

慕容锦夜下意识地伸手去拉她，却被她侧身躲开。她苍白的脸上带着一丝决绝的笑，说："慕容锦夜，从此以后，盛七歌是盛七歌，慕容锦夜是慕容锦夜。"说完，她一把撩起裙摆，咬牙将其扯断，"就当是割袍断义。"

白纱飞舞，在空中打了一个转，轻飘飘地落到他脚边。

"七歌……"慕容锦夜欲上前，只是一阵突来的脚步声打断了他的话。厚重的铁门缓缓打开，张沄熙面如死灰地站在门外，身上的金凤喜袍此刻看来

却显得可笑至极。

新婚之夜，她的夫君竟然跑到天牢看望另一个女人，这是何等的屈辱？

她面如死灰地看着慕容锦夜，滚烫的泪溢出眼眶，紧抿的薄唇好长时间才艰难地挤出两个字："相公。"

慕容锦夜身子一震，到嘴边的话生生地吞回肚子里。

"太子殿下，请回吧！"盛七歌深深地看了他一眼，转身背对着他坐在角落的草垛上。

静默，狭窄的牢房里只听得见三人深浅不一的呼吸声。

良久，久到他以为时间就此停止，他才听见自己的声音："盛七歌，我不会让你离开的。"

他茫然地看着张沄熙眼中的悲伤，扯唇轻笑出声，牵着她迈步离开了。

盛七歌听着厚重的铁门再次重重地合上，就好像她关上了自己的心门。原来，死心并没有想象中的那么疼，只是麻木到没有知觉而已。

（2）金屋美人

阳光穿透素白的窗纱，桌上的红烛已经燃尽，留下一室弥漫不去的孤寂。

"太子妃，可以梳洗了。"丫鬟端着铜盆进来，便见新娘子依旧是昨日的装扮，面色苍白地坐在床头。

"你下去吧！"张沄熙神色不悦地挥了挥手。

丫鬟愣了愣，把铜盆放在梳洗台上，小心翼翼地转身退了出去。

隔日，太子妃新入门就不得太子欢心的传闻传遍了整个长安。

天牢外，紧闭的铁门被人从里面缓缓推开，阳光刹那间闯进眼帘，盛七歌不适地闭了闭眼。

"盛家丫头。"低沉的笑声从门外的马车里传来，红顶鹅黄帷幔的马车里探出一只素手，修长白皙，骨节分明。

盛七歌微微抿唇，恍如隔世地看着尹维跳下马车。

阳光从他身后倾泻下来，像是在他身上罩了一层薄纱，紫色的长袍把他修长的身子勾勒得越发挺拔。

她笑着点了点头，目光清冷，就好似初见时，她也是这么清淡地看着他。

尹维尴尬地轻咳一声："你不会是生气了吧！我这不也是情非得已，皇命难为吗？"女人爱记仇的本事都是与生俱来的，别是真记恨他了吧。

"所以你这是负荆请罪？"

"也算是吧。"尹维抬手指了指马车，"给你接风洗尘，你父亲已经早几日放出，估计此刻在回永州的路上了。孟奇在牢里自缢，案子不了了之，皆大欢喜。"

盛七歌抿唇不语，提着裙摆上了马车。

尹维自讨没趣地摸了下鼻尖，跟着上了马车。

"梦园被查封多时，现在已经没人了，你那个小巷的联络点也人去楼空，我带你接风洗尘吃一顿，回头在安排的院子里换身衣服，咱盛家大掌柜的可不能寒酸了。"一路上，尹叽叽喳喳说了半天，讨好献媚极尽能事。

盛七歌抿了一口茶，笑眯眯地瞟了他一眼："你这是做了多么对不起我的事？"

"你这姑娘嘴真利。"尹维苦笑，"就不能不提了？况且，也不是我一人要见你。"那人怕是比他还急呢。

盛七歌抿唇不语，目光错开他探索的视线，撩开车帘，长安城喧闹的街道映入眼帘。"我不会见他的。"她说。

尹维"扑哧"一声乐了："你以为是谁？"

"你说呢？"

"是凤楼。"

马车在聚丰阁门外停下，远远地便见到一抹素白的身影迎风立在门前，墨黑的长发绾成发髻，只简单地插着一支玉簪。

眼眶突然红了，心里仿佛压着一块大石，她几乎是踉跄着走过去，一头扑进凤楼怀里。

她没问凤楼为何没跟慕容嵩离开长安，也没问她今后的打算，有些人的命运从来都不是自己可以做主的。

她想凤楼会有自己的安排，就如同自己也会走自己的路一样。

从聚丰阁出来时，凤楼一直拉着她的手不放，微敛的眉眼中尽是浓浓的不舍，因为彼此都知道，今日一别，或许很多年都不会再相见。

凤楼了解盛七歌，她这样的女子是绝不会让自己的爱情低到尘埃里的，对魏恒如此，对慕容锦夜也如此，若不能一生一世一双人，那便放手离去，潇洒得过于残忍，却又那么理智。

"七歌，答应我，照顾好自己。"凤楼依依不舍地说完，由丫鬟扶着上了马车。

盛七歌微微一笑，好像一下子回到凤楼出嫁之前，她也曾拉着凤楼的手，要她好好照顾自己，可是末了，凤楼却为了自己丢了腹中的孩子。

直到马车消失在长街尽头，尹维才慢悠悠地从旁边走来："我们也走吧！"

盛七歌扭头看了他一眼："我想尽快离开长安。"

尹维心虚地别开视线，他也曾以为只要慕容锦夜大婚之后，一切成了定局，盛七歌必然会回永州，可是直到昨日他去太子府找慕容锦夜，意外发现一幢藏在竹林里正在建造的金屋时，他才知道，慕容锦夜从来没打算让她离开，哪怕是让她做一只金丝雀，他也不会放盛七歌离开。

"我会尽快安排。"他只得小心敷衍着。

马车一路颠簸，小几上不知什么时候点了香，淡淡的香气缭绕鼻端，不多时，一阵睡意袭来，盛七歌轻轻敛了敛眉，靠在晃动的车壁上沉沉地睡去。

房门开合的声音惊醒了梦中的人，她睁开眼，看见翠羽笑眯眯地站在床前："小姐，你醒了！"

"翠羽？你怎么会在这里？不对。"盛七歌翻身从床上坐起来，愕然地发现自己竟然身在金乌。

汉白玉墙壁，精雕细琢的紫檀木大床，床头小几上有她喜爱的铜镜。

没错，这里是金乌，是永州？不，她记得自己只是在车里小眠了片刻，怎么醒来就回了永州？

"小姐，你怎么了？"翠羽担心地摸摸她的头。

"没有，翠羽，你怎么来了？"盛七歌边说，边下床来到窗边，推开窗，一股浓郁的花香扑面而来，大片大片的夏槿花开得格外娇艳，视线突然定定地停留在某个地方。

不是，这不是永州！永州没有他啊！

月牙白的长衫被风吹动，墨黑的发在花海中飞扬，他于花团锦簇中抿唇一笑，便如谪仙入世，不染尘埃。

她愣愣地看着慕容锦夜，四目相对，心底一股苦涩蔓延。他这是要效仿汉武帝"金屋藏娇"吗？可惜她不是陈阿娇，他也不是汉武帝。

轻轻关了窗，一并关上心门。

"小姐。"

"没事，只是有些累了，你先出去吧！"她摆摆手，仰头不让眼中的泪流下来。

翠羽欲言又止地看着她，终是什么也没说，转身退了出去。

傍晚的时候，空中下起了细雨，慕容锦夜推开门的时候，盛七歌正慵懒地靠在窗前，密密的细雨从洞开的窗棂洒进来，将她的肩头打湿了一片。

"你怨我？"他轻轻走过去，从背后揽住她的肩。

"我要回永州。"盛七歌始终低着头。

"七歌。"他双臂紧紧地将她搂在怀里，"给我时间。只有你是我的

134

妻，我不会碰她的。"

盛七歌忍不住发笑："慕容锦夜，我说过，我们再不相干。你现在把我困在这里是什么意思？学汉武帝金屋藏娇？你以为你造了座金屋，就可以留住我？"

是他太天真，还是她太傻？从他娶了张沄熙的那一刻开始，他们就什么都不是了。

"你可以试试我留不留得住。"他抿唇轻笑，"盛七歌，你走不掉，我亦不会放手。"说着，霸道地吻住她。

"盛七歌，你逃不开的。就算我不是汉武帝又如何？我要你做我的阿娇。"

他灼热的目光里带着势在必得的决心。

他到底凭什么可以如此霸道？就因为她爱他？

盛七歌在心底冷笑，却不甘示弱地扬眉看他："慕容锦夜，没人能囚禁我，慕容嵩不能，你也不能。慕容锦夜，你困不住，总有一天我会回永州。"她低声呢喃。

"七歌。"

"慕容锦夜，放我走吧！"

他只觉得心脏都是冰的，可身体却又那么炙热。

他甚是无措而悲痛地扬眉看着她，看着她的手拂过他精细的眉眼，鼻梁，然后在他颤抖的薄唇上流连。

"七歌，别闹了。"他不想这样，可明明知道她是故意让他难堪，可他又如何能拒绝？他爱她，所以无法抗拒。

他突然恨起她的冷静和理智来，不管不顾地吻住她的唇。

如果这是一场战争，那么他不允许她置身事外。

他疯狂地吻着她，想要把身体里的所有热情都传递到她的身上，即便是下地狱也要拉着她一起。

盛七歌咧嘴一笑，突然狠狠地朝他的下唇咬去。

"啊！"浓郁的血腥味在口中蔓延，在他还来不及反应的时候，她已经趁他失神惊呼的时候一把扯开他腰间的裤带，动作迅速地将他的双手绑住。

慕容锦夜眉头微挑："七歌，你这是……"

盛七歌殷红的唇上染了他的血迹，却因此越发显得妖娆妩媚。她轻轻碰了碰他被咬破的唇，得意地笑："慕容锦夜，别怪我。从此以后，最好我们永世不见。"说着，她从怀里掏出一只瓷瓶。

一股淡淡的馨香袭来，慕容锦夜不安地扬眉看着她："这是什么？"

"害怕？"她抿唇轻笑，从瓷瓶里倒出一颗黑色的药丸，"吃了。"她一把捏住他的下巴，强行把药丸塞进他嘴里，然后用帕子塞住他的嘴。

"别怕，不是毒药，只是让你暂时动不了而已。你大概想不到，这东西是凤楼在聚丰阁偷偷交给我的。"

在她回到长安偷偷藏在晋王府的时候，凤楼已经告诉过她，荣升凤家早就归顺慕容锦夜，慕容嵩和孟奇在那批军需甲胄上动手脚本就是慕容锦夜推波助澜才得以顺利进行的。

尹维带她去见凤楼是假，真正用意不过是想把她骗到这里而已。

当初凤楼嫁给慕容嵩的时候并不知道荣升凤家已经暗中投靠慕容锦夜。凤家将凤楼嫁给慕容嵩，只不过是给慕容嵩一个拉拢荣升凤家的机会，从而一步步落入慕容锦夜设好的圈套。

那时凤楼爱着慕容嵩，便傻傻地以为可以留在他身边一生一世，直到失去孩子以后，凤楼才真正看清慕容嵩，并对他心灰意冷。后来慕容嵩被送离长安，凤楼本该随他而去，却是慕容锦夜暗中运作让她与慕容嵩分离留在长安，自那以后，凤楼才隐隐猜到，原来荣升凤家早已归顺慕容锦夜。

尹维找到凤楼，希望凤楼来见她，却没想到凤楼会暗中交给她不少迷药、毒药之类的东西，大抵上也是知道她要回永州的决心。

"慕容锦夜，咱们就到此为止吧！"她长长叹了口气，伸手拢了拢他鬓角凌乱的发丝，微微俯身在他额头吻了一下，"再见。"

（3）有孕

"抱歉，盛姑娘可能哪儿也去不了。"挡在门口的尹维抿唇轻笑，看到床上躺着的慕容锦夜时，他眼里闪过一丝讥笑，"这是唱的哪一出？"

慕容锦夜狠狠瞪了他一眼，却因嘴里塞了东西不能言语。

"尹维，你让开。"盛七歌险些背过气去，脸上一阵羞红。他怎么在这里？难不成刚刚发生的一切都被他听了去？

思及此，盛七歌抿唇冷笑一声，抬手对着尹维的鼻梁砸了过去。

尹维躲闪不及被打个正着。

"哎哟。"他伸手一抹,"出血了。"

盛七歌抿唇冷笑:"让开!"

"不让。"

"我说让开!"

"盛家丫头,你就别为难我了。"尹维说着伸手捂住鼻子,另一只手朝身后的侍卫摆了摆,两名人高马大的侍卫一个堵在门前,一个冲进去给慕容锦夜松绑。

一得到自由,慕容锦夜连忙抽出嘴里的帕子,也顺便吐掉了一直压在舌下的药丸。

"你!"盛七歌难以置信地看着慕容锦夜吐掉药丸,没想到自己算计了半天竟然还是被他识破了。

"七歌,我说了,我不会放你走的。"慕容锦夜沉着脸拂过微疼的嘴唇,"现在,别闹了。"

闹?

他以为她是在闹?

盛七歌气急攻心,只觉得眼前发黑,腹部一阵绞痛:"慕容锦夜……"她下意识地捂住肚子,却感觉腹部越发疼痛。

"你怎么了?"

"我,疼。"一股眩晕感瞬间袭来,她还来不及看清他的脸,整个人便沉入了无尽的黑暗之中,没有一丝力气。

"七歌,七歌。"

恍惚中，她好像感觉到一双温热的大手托住她下滑的身体，熟悉的味道依旧，却多了一丝苦涩。

恍惚间好像做了一场梦，梦见少时和魏恒一起的时光，梦见和慕容锦夜拜堂的那日，交错的记忆不停地在脑海中闪过，而后又被黑暗吞噬。

"盛姑娘这是喜脉。"

"什么？你确定？"

"老夫行医二十年，从未出过错。"

断断续续的谈话声从外间传来，盛七歌猛地睁开眼，慕容锦夜已经撩开珠帘走进来，俊美的脸上带着笑意，望着她的眼神温润如水。

"七歌，我们有孩子了。"

"孩子？"盛七歌觉得自己必然是幻听，眨了眨眼，"大概是做梦吧。"

慕容锦夜抿唇一笑，走过去一把将她揽在怀里，下巴抵着她的肩，亲吻她发烫的耳垂："你肚子里有了我们的孩子，两个月了。七歌，留下来，再也不要离开了。"

孩子？孩子？

盛七歌愣愣地看着慕容锦夜，双手下意识地拂过平坦的小腹，好长时间才回过神："谁的孩子？"

"盛七歌。"慕容锦夜双眼赤红地瞪着她，"这个时候你还要和我怄气吗？我说过，只有你是我的妻，只有你可以生下我的孩子，你还在别扭什么？"

她还没办法接受已经有一个小生命在她的肚子里，因为她知道，这个孩子的存在只会让他们之间的关系越来越复杂。

她强压初为人母的喜悦，即便心中一瞬间涌现了那么多的情感，却不能表现出来。

她猛地抬头，眼中带着一丝讥讽："你就真的确定是你的孩子？"她冷笑着，目光冷酷，那丝毫不在意的表情伤了他的自尊心。

仿佛一击重锤狠狠地砸在胸口，慕容锦夜冲动地扑过去一把抓住她的手腕："七歌，别再刺激我了，我是不会放你离开的。"

"是吗？"她挑眉，一边强迫自己忽略手腕传来的痛，一边冷冷地看着他，"如果你想替别人养孩子，我又有什么好介意的呢？"

话一出口，她便觉得手腕传来一阵刺痛，骨骼断裂的声音在空荡的屋里回荡。

"七歌，别逼我！"慕容锦夜痛苦地松开她的手，连连退后几步。

"我从来没逼过你。"盛七歌冷笑，断骨的剧痛不如心痛的万分之一，"慕容锦夜，我不爱你，我爱的人，从来不是你。"她残忍地打破他最后的一丝念想。

"啪！"

"生气了？"她依旧冷冷地看着他，看着他高高扬起的手，一张口，吐出一口血，白皙的脸颊瞬间浮出清晰的五指印。

慕容锦夜咬牙瞪着她，真恨不能把她的脑袋打开，看看里面到底装了什么。

"来人，派人守着这里，不许任何人进出。"他深吸了一口气，转身离开时一脚踢翻了门边的青铜香鼎。

屋里的空气一下子凝滞下来，过了好长时间，盛七歌才低头看了眼疼痛的手腕，忍不住苦笑。

这时，虚掩的房门被从人外面推开，张沄熙面色苍白地看着她。

"张小姐？不，该是太子妃。"盛七歌冷淡地望了她一眼。

她从来不觉得张沄熙是个简单的女人，只是张沄熙似乎更会隐藏，至少在所有人看来，张沄熙不过是个可怜的不得相公宠爱的女人。

"那孩子……"她欲言又止地看着盛七歌，心中翻涌着醋意，面上却带着温柔的笑，"真的是殿下的？盛姑娘，你不要走，殿下很爱你。"

这是正室要给相公娶小妾的意思吗？

盛七歌冷笑："你不介意？不介意我生下慕容锦夜的孩子，不介意我和你共同拥有一个男人？"如果一个女人不在意，那只能说明她不爱这个男人。

张沄熙低敛着眉，素白的小手交握在身前，模样楚楚动人，娇柔得似一朵出水芙蓉。

"介意，但我希望他幸福。"

盛七歌真不知道该说什么，是不是她也要学习蛮小妾的样子对张沄熙冷嘲热讽一番？

"可是我介意，孩子不是慕容锦夜的，你大可放心。"她说完撇过头，"走吧，好好做你的太子妃。"

"可是……"张沄熙看着她，目光落在她受伤的手腕上时，眸色微敛，

"你的手……"

"我说走，你没听到吗？"说着，盛七歌抬手抓起梳妆台上的铜镜丢了过去。

铜镜的棱角刮过张沄熙的脸颊，在她白皙如玉的脸上留下一道红痕。

盛七歌冷冷地看着她："为什么不躲？"明明可以躲开，却执意不躲，有意思，有意思。

张沄熙依旧低敛着眉，眼泪含在眼眶里，低低说了声："不管如何，还请盛姑娘看在你肚子里有了孩子的分上，不要离开。"说着，她转身跑开了。

目送她离开，盛七歌终于疲惫地软下身子。

慕容锦夜自打娶了张沄熙后，从未踏进过新房一步，今日依旧在书房留宿。

过了掌灯时分，奶娘王氏推门而入，脸色有些不好。她走到桌案前，一把抢过慕容锦夜手里的折子："殿下，这么晚了，您怎么还不就寝？"

慕容锦夜抿唇一笑："好好，我这就睡。"说着，他整了整衣摆，站起身准备往书房后的内室走去。

"殿下，您这是做什么？"王氏脸色一沉，一把拉住他的手，"殿下，太子妃是您明媒正娶的正妃，您就打算这么晾着她？不孝有三，无后为大，您就算不喜欢她，也该有个子嗣了。"

"扑哧。"慕容锦夜笑了，"奶娘，是太子妃要你来当说客的？"

"不是。"

"那是母后？"他低敛着眉，心中掠过一丝不快。

他口中说的母后并非他的生母，他的生母德闲皇后在他十八岁时因不得慕容宇所爱郁郁而终。临终前，德闲皇后举荐当时已经是淑贤妃的本家庶妹顶替自己做皇后，所以，现在的皇后其实是他的姨娘。

德闲皇后深爱慕容宇，却从来没有走进过慕容宇的心，或许这么些年，能走进那个男人心里的人，也只有那个死去的女人霓裳罢了。

德闲皇后一生不得爱人的真心回馈，最终郁郁而终。

后来慕容锦夜曾调查过当时伺候过母妃的宫人，得知母妃离世前的几个月精神状态一直不是很好，总说宫里闹鬼，可他百般调查，却没有一丁点儿头绪。

淑贤妃当上皇后之后，因为膝下无子，便把当时已经长大成人的慕容锦夜过继到自己名下。

而奶娘王氏，早年一直是慕容锦夜生母的贴身丫鬟，后来嫁给宫里的一名侍卫，可惜那侍卫后来因病过世，彼时王氏刚刚难产生下死胎，德闲皇后怜惜她身世，便要她做了慕容锦夜的奶娘。

"都不是。"王氏摇了摇头，沉默了好一会儿才道，"殿下是不是喜欢竹林里那座金屋里的盛姑娘？"

慕容锦夜身体一僵，凝眉看着王氏，眼中闪过一丝冷冽。

王氏瑟缩了一下肩，最后还是鼓起勇气说道："今日太子妃去了竹林那边，回来时脸上受了伤。"言下之意再明显不过，盛七歌伤了张沄熙。

慕容锦夜微愣，眼中闪过一丝不悦："她去那里干什么？"

"她不该去吗？"王氏冷笑，"一个新娘子不得相公喜爱不说，还没圆房，相公就金屋藏娇，她作为正室不可以去看看那个夺了她相公所有注意力的女人吗？"

慕容锦夜沉默不语，王氏说得对，至少在这场婚姻里，张沄熙同样是无辜的。

他叹了口气："我去看看她吧！"

第八章
CHAPTER
08

深

宅

诡

诈

（1）魏恒之意

景兰苑里一灯如豆，素白的窗纸上映着被光影折射出的一道纤弱的身影。

慕容锦夜的脚步在窗口微微顿住，推开虚掩的窗，看到张沄熙背对着他坐在铜镜前。镜面里映着女子略微苍白的脸，一条狭长的红痕从耳边延伸到唇角，看起来有些触目惊心。而她似乎未有察觉，只是微敛着眉看着镜子里的身影发呆。

"殿下？"丫鬟发现慕容锦夜站在窗外，吓得手里的药膏都掉了。

张沄熙微微侧目，见到慕容锦夜，双眸含泪，却强忍着没有落下来。

"殿下。"她轻喃。

慕容锦夜尴尬地应了一声，抬手指了指她的脸："怎么弄的？"说完，察觉张沄熙身体微微僵了一下。好一会儿，他才道："臣妾去了金屋。"

慕容锦夜愣愣地看着她，若她佯装柔弱或是满口指责，他或许还硬得下心肠呵斥她不该去金屋，可她只是平静地看着他，眸子里没有丝毫埋怨或是愤怒。

"臣妾知道太子喜欢盛姑娘，也从没想过要为难她。"她淡淡道，抬手让丫鬟离开，转身倒了杯茶递到他手中，"听说殿下最喜这君山银针。"

慕容锦夜微敛着眉，感到一阵淡淡的幽香沁入鼻端，却很快又被君山银

146

针的茶香取代。众人皆以为他喜爱君山银针，却不知这只是盛七歌的心头好而已，他素来喜欢龙井。可他什么也没说，只感觉淡淡的苦涩在心底蔓延。

"她心性刚硬，伤了你，我代为道歉。"他淡淡地说，目光错开她灼灼的视线。

张沄熙拿茶杯的手一僵，心中仿佛被一只大手狠狠地掐住，瞬间无法呼吸。

她是他明媒正娶的太子妃，他却替别的女人跟她道歉。

呵呵！盛七歌，你到底在他心中占了怎样的位置？

她仰头看他，第一次看清他温润如谪仙般的面容下是怎样一颗冷酷的心。

"是臣妾莽撞了，只是听给盛姑娘诊治的御医说盛姑娘有了身子，才去探望的。"

"啪！"

茶杯落地，飞溅的茶渍飞溅到她鹅黄的裙摆上，晕开一朵朵涟漪。

"多嘴的奴才。"他怒叱一声，面沉似水，"这事无须你过问。好好养伤吧，这是宫里极品的雪燕冰肌膏，每日三次，三日后脸上的痕迹便会消了。"他扬手将袖兜里的白玉瓷瓶丢在梳妆台上，转身出了景兰苑。

丫鬟听见茶杯摔破的声音冲进来，张沄熙正拿着白玉瓷瓶发呆："太子妃？"

张沄熙扭头看了她一眼，打开白玉瓷瓶，一股淡淡的香气袭来。

"冬梅，你说，我是不是很可怜，成婚这么长时间，他都没有碰我一下？"

冬梅吓得脸色一白："太子妃，您别这么说，太子早晚有一天会发现您的好的。"

"是吗？"她抿唇一笑，"我也这么觉得，那个女人不适合他，太倔强，太精明，所以，冬梅，我只是帮着她离开这里而已，对不对？"

冬梅听得一头雾水，太子妃做了什么？

看着她迷茫的表情，张沄熙"扑哧"一声笑了："冬梅，我猜，今晚金屋里必定上演了一场精彩的大戏。"

冬梅不解地看着她："奴婢听不懂。"

"听不懂最好。这世间，知道得越多的人死得越早，尤其是进了这宫门。"她轻轻叹了口气，目光透过洞开的窗棂看着金屋的方向。

魏恒，千万不要让我失望，我可是给了你机会带走盛七歌，若是不能，以后便没有机会了。

长公主府，余林轩。

"皑如山上雪，皎若云间月。

闻君有两意，故来相决绝。

今日斗酒会，明旦沟水头……"

低沉的声音带着一种暖如春风的温润，仔细听，还可以听见一丝丝惆怅隐藏在温润的声音背后。

和煦的阳光穿透枝丫，斑斑驳驳地洒在那张微微扬起的脸上，墨色的长袍被风吹得鼓起，如同一只巨大的陀螺。

他抬起满是厚茧的手轻轻拂过脸颊，才发现自己不知不觉落了泪。

一生一世一双人，那该是一种奢侈了吧！他忍不住轻笑，笑声中却是掩不住的落寞。

小厮长喜跌跌撞撞地冲进林子的时候，便见他如一株挺拔的松柏般沐浴在晨光中，阳光在他身上淡淡地镀了一层金色的光圈。

长喜推门而入："魏公子，门外有人给公子送了封信。"

魏恒微微侧身，无神的双眸里闪过一丝诧异："给我？"

"嗯。"长喜点了点头，把信交给魏恒，末了，又想到他双目不能视人，便道，"小的以前没进公主府的时候，隔壁住了一位教习先生，跟他学了几天的字，要我给公子读一下吗？"

魏恒抿唇笑了笑，点了点头，把信递给他。

长喜撕开信封，一块青铜腰牌从里面掉了出来。

"什么东西？"

"一块腰牌。"长喜把腰牌交给他，然后开始看信上的内容，"魏公子，这个盛姑娘可是前些时候在门外嚷着要见你的人？这信上说，盛姑娘在太子府病危。"长喜说完仔细打量魏恒的表情。

"是吗？"魏恒轻轻笑了一下，伸手把信拿过来塞进怀里，"你先下去吧。"

"公子可要去看她？"

"长喜，你还小，有些事你不懂。"

长喜狐疑地看着他："懂什么？公子不爱公主，公子是爱这个盛姑娘的吧！"

魏恒微微一愣，脸色僵了片刻："何以见得？"

长喜只是个十几岁的孩子，看事情反而更简单些，所以他就直白地把心里的想法说了出来："公子虽然是公主的未婚夫，可公子看着她的时候，不对，也不是看，反正公子对着公主的时候很少笑，即便是笑了，也是不开心的。可是每次那位盛姑娘来见公子，虽然公子不笑也不说话，甚至拒绝和她相认，可公子整个人的精神状态都不一样了。"说着，长喜不好意思地笑了，"我娘是个盲人，虽然她看不见，可是每当她眼角微微下沉，就是她开心的时候。公子也是如此。"

魏恒手里的铜牌落地，好长时间没有说话。

真的是这样吗？即便他如何隐忍和压抑，但是爱却无法完全掩埋，所以才被长喜看了出来？那么盛七歌呢，是否也看出了那些被强行压制在心底的爱？

他踉跄退后两步，心里筑起的城墙轰然倒塌，一颗清泪顺着眼角滚落。

"长喜。"

"公子可是要去见那位盛姑娘？"长喜问道。

他点了点头，大手死死地握着铜牌："你拿着铜牌，我们换身衣服悄悄出府。"他低敛着眉，心中却如油锅在烹。他不知她是否真的病危，送信之人显然不想她留在太子府中。是谁？能拿到太子妃膳房腰牌的人，除了太子妃还有谁呢？

紧抿的薄唇勾出一抹冷笑，慕容锦夜，你是不是也没想过，有一天你的女人会来帮助我，夺走你最心爱的人。

这一夜，似乎注定要把所有人的命运彻底颠覆。

长安的夏季总是多雨，过了三更，空中开始飘起雨丝，床上的人睡得极不安稳，略微苍白的脸上渗出细密的汗，搁在被子外面的手腕骨高高鼓起，红肿一片。

细雨敲打着窗棂，素白的窗纸上映着一道黑影，盛七歌被噩梦惊醒，醒来时，虚掩的窗棂被风吹开，那人静静地立在窗口，肩头的乌发一片濡湿。

昏暗中，他精致的五官被雨水打湿，那双乌黑的眸子却直直地望着她的方向，即便他什么也看不见。

"魏恒？"说不出心里是什么感觉，积压多时的感情一下子如同奔涌的洪流倾泻而出。

魏恒抿唇笑了，那笑容在她看来是那么苦涩忧伤，就好像他的人，没了过去的意气风发，棱角分明，平和得宛如翩翩公子，可她知他不是。

"有人给我送信，说你病危。"他依旧笑，搭在窗棂上的手攥得死紧，才能控制住自己冲过去将她抱在怀里的冲动。

他爱她，可他无法给她安稳的生活，他不过是个瞎子，又身世离奇，他能做的，便只是离她越远越好，可是胸腔里的那颗心在听到长喜的话时还是悸动了，还是担忧了，还是无法控制地跑来见她了，即便明知，这不过是张沄熙的谋算而已。

他朝着她笑，隔着窗棂微微抬起手："七歌，对不起。"

一句对不起，一个温润的笑，盛七歌仿佛又看见好多年前的那个少年，可到底是回不去了。

她从没有像这一刻这样难过，许是她一开始就不曾真的相信他会失忆，会不记得她，她给过他机会，也给过自己机会，可终归没有结果，他们是真的彼此错过了。

她淡淡地看着他，突然想起慕容锦夜的话："你是大启的后人？"

果然，魏恒身体微微一僵，笑容瞬间冻结在脸上。

"是一开始就知道，还是在安定才知道的？"她微微敛眉，走过去站在窗前，细雨落在脸上，冰冰凉凉的一片。

"安定。"他微微敛眉，似乎并不愿想起在安定的事，但最终还是说道，"我被大启俘虏，醒来时已经双目失明。安南在去安定的途中被大启士兵抓住，我从士兵手里救了她，并放她离开。她回到安定大营后，想方设法求皇上救了我，当然，她不知道我的身份，只以为我是个俘虏。可毕竟一个公主，被敌军俘虏有损清誉，此事便一直被瞒了下来，我被俘之事也一并隐瞒，只说是被猎户所救。"

盛七歌抿唇不语。好长时间的静默后，她才冷冷地开口："为何不认我？"她凝眉看他，顾不得细雨拍打脸面，只是目不转睛地望着他，仿佛就此要望进他的灵魂深处。

魏恒没回答，觉得无从解释，这世间很多事都不是三言两语便可以解释清楚的，他只是看着她的方向，即便他看不到她脸上的表情，可他知道，她生气的时候总是会挑着一侧的眉毛，一股天下之大唯我独尊的样子。分明是那么娇小的人，做事却雷厉风行，绝不拖泥带水。她说放下来，便必然会放下。

比如，他和她的曾经，那些美好的过往。

"那你又来干什么？"盛七歌气极，拿起桌上的胭脂往他身上丢，"来看我笑话？来看我爱上慕容锦夜，却被当成金丝雀锁住了吗？"

"我来带你走。"

"带我走？"盛七歌愣神的时候，原本站在窗外的魏恒跳了进来，展开双臂将她紧紧地抱在怀里，"别动。"冰凉的薄唇轻轻抵着她的额头，淡淡的皂角香气扑面而来。

气氛一时陷入了暧昧之中。

可就在这时，虚掩的门猛地被人踹开。盛七歌心头一跳，扭头一看，慕容锦夜冷着一张脸站在门外。

她想推开魏恒，却被他死死地捏住手腕，右手断裂的腕骨传来剧烈的疼痛，她忍不住呻吟出声。

"你的手……"魏恒连忙松开手，诧异地望着她。

"没事，被狗咬了。"她冷冷地看着对面的慕容锦夜，"你来干什么？还想要弄断我另一只手？"

慕容锦夜脸色一变，眼中闪过一丝愧疚和心疼，却又转瞬被滔天的怒火和醋意掩盖了。他定定地看着盛七歌，把手里的续骨膏狠狠砸在地上："盛七歌，你决绝地一定要离开，就是为了要和这个伪君子在一起吗？他之前不是失忆了？现在怎么又记得你了？"他冷冷地看着魏恒，眼中杀气四溢。

察觉到他眼中的杀机，盛七歌下意识地挡在魏恒面前："那又如何？你我本就没有任何关系，别忘了，你已经娶了太子妃。"她冷笑着道，"还是，你打算抛弃触手可及的权势跟皇上作对？"

她的话如同一把钢刀，猝不及防地捅进他心里，导致鲜血淋漓。

慕容锦夜难以置信地看着她冷漠的脸，只觉得呼吸都那么困难，垂在身侧的手几乎是用尽了全身的力气，才能克制住冲过去将她拉过来的冲动。

他不能伤害她，她的肚子里还有孩子。

想到孩子，原本紧绷的脸出现一丝松动，他抿唇一笑，目光灼灼地看着她："七歌，别闹了，我说过，我只有你一个妻子，总有一天我要你做这天下最尊贵的女人，就算不为了我，也要小心肚子里的孩子，可千万别动了胎气。"他说着挑眉看了看魏恒。

盛七歌恨得直咬牙，不敢相信他竟然幼稚到把这种事情赤裸裸地说出来。

她明显感觉到魏恒的身体一僵。

他难以置信地用双手捧起她的脸，急切地问道："他说的是真的？"

盛七歌咬了咬唇没有回答。真的又如何？假的又如何？在他犹豫、隐瞒、退却的时候，他们之间就已经不可能了。

"放开她！"慕容锦夜看着彼此相望的两人，胸间的妒火让他没办法再克制自己，就在魏恒捧起她的脸的瞬间爆发出来。他一把抽出腰间的佩剑，剑锋闪耀出一道白光，直直地朝魏恒的背心刺去。

"慕容锦夜，你敢！"盛七歌迅速转身挡在魏恒身前，剑锋贴着她的手臂擦了过去。

慕容锦夜愣愣地看着她，刚刚那一瞬间，若是他收不住剑，她就打算替魏恒死吗？心，疼得如同被钢针生生戳破般，他从没想过，有一天自己可以这么爱一个人，爱到连一想到她死都会害怕，都会浑身发抖。

盛七歌心虚地别开脸不敢看他的眼。

"为什么不看我？"

"慕容锦夜，你别太过分！"她捂着手臂，殷红的血从指缝间溢出，落在脚边绽放成一朵傲然的红梅。

"我过分？"

是他，他过分，过分地喜欢她，过分地爱她。他冷冷地看着她，心中突然生出一种前所未有的疲惫之感。那感觉来得太过汹涌，压迫得他快要无法呼吸了。

他微微侧身，长剑铮铮落地："盛七歌，我在你心中到底是什么？"

是什么？

她身体一僵，忍不住冷笑："你说我该拿你当什么？情人？爱人？还是个陌生人？"手腕还在隐隐作痛，那是他给她的，不只是痛，还有屈辱。

她也是个女人，也会恨，也会怨。看着他娶别的女人，她也会疼。可那又如何呢？她是盛七歌啊，这条路是她自己选择的，所以她忍，但谁也不能碰触她的底线。魏恒是她心里的一道伤，别人可以伤害，但唯独他慕容锦夜不能。

她可以恨别人，但是没法恨他，所以，慕容锦夜，不要让我恨你。那会比杀了我更疼。

慕容锦夜哑口无言，胸口钝疼。他望着她决绝的眼神，那一刻，他是害怕的，也是真的怕了，怕她的恨，怕她的怨，怕她真的有一天离开了，自己要怎么办？

他不敢去想没有她的日子，所以他还能如何呢？

"魏恒，别再让我看到你了。有些事，一旦做了就没有退路。"他冷冷地看着魏恒，抿唇发出一声冷笑。

那笑声回荡在静谧的夜里，压抑、痛苦、绝望。仿佛永远拨不开头顶的迷雾，看不到他和她的未来。

盛七歌脸色苍白地看着他转身离开，只留给她一个落寞的背影。

心疼，比身上的疼要疼一万倍，可疼着疼着就麻木了。她不懂为什么上天要如此作弄他们？明明相爱，却总是不断地互相伤害？如果可以，她真的希望从来都没有遇见过他，没有那些心动，没有那些痴心妄想的爱，是不是就不会这么疼了？

可是这世间哪里有如果呢？

房门合上的瞬间，她仿佛听见自己心脏破碎的声音，那么响亮，那么清晰，让她无端端打了一个寒战。是不是，是不是他将就此一点点走出她的生命呢？

她想叫住他，可终是没有，直到他的背影消失在回廊间，她颓然跌坐在地，眼泪无声无息地滚出眼眶。

虚掩的门被人缓缓推开，安南公主脸色苍白地站在门外，目光灼灼地看着魏恒。

"谁？"

魏恒朝着她的方向看去，好长时间才听到冲过来的翠羽喊了一声："公主千岁。"

"魏恒！"听到安南的呼唤，魏恒的身体一僵，朝门口的方向看去，"公主？"

安南静静地看看他，再看看盛七歌，忽而抿唇一笑，笑声尖锐凄厉，仿佛夜枭的悲鸣，直直穿透云霄。

"魏恒，为什么骗我？你没有失忆，从来没有忘记过她，对不对？"

魏恒抿了抿唇，好一会儿才道："是。"

"那你可曾真的喜欢过我？"她问，却觉得身体在一点点变冷。

他没有说话，静静地转身，如来时般悄无声息地离开。

"魏恒。"安南一把拉住他的手，仰起头，已是泪流满面，"你是不是连骗我都不肯了？"

魏恒的身体一僵，伸手轻轻拂过她苍白的脸："公主，回去吧！"

（2）背叛

那日之后，慕容锦夜虽然差人带着御医来给盛七歌接骨，却再也未曾在金屋出现过。

彼时已经过了八月，长安的天气越发炎热，盛七歌亦变得更加嗜睡了，偶尔伴有孕吐的症状。御医开了几副方子，却通通被她撕碎。

翠羽眼见着小姐没有胖起来反而更显清瘦，心疼的同时又没有任何办法。

安南公主自从那晚之后又来过两次，无外乎是要找盛七歌的麻烦，可偏生都没有讨到便宜，每每被气得脸红脖子粗地离开。

"小姐，今天天气好，出去走走吧！过几日夏槿花谢了，再看怕是要等明年了。"

翠羽推门进来，盛七歌正捧着书在软榻上打盹，她迷迷糊糊地睁开眼，好长时间以为自己是在永州的金乌，便脱口而出道："那有什么，咱们去看看稻田，这个时候正是谷子饱满的时候。"说完，眼神一黯，又怏怏不快地躺了回去。

这里不是永州，不是她的金乌，只是他给她的一个黄金笼子罢了。

明明不是汉武帝，却偏要学人家金屋藏娇，藏娇也就罢了，如今是要冷落她了吗？

她忍不住低头苦笑，翻开手中的册子，突然扬眉看了一眼翠羽："翠羽。"

"怎么了，小姐？"

她笑着指了指手中册子上的某一页道："我想吃这个。"

翠羽凑过去一看，忍不住惊呼："小姐，你要吃这个？"

盛七歌抿唇一笑："孕妇口味都比较独特。"

翠羽不敢苟同地翻了翻白眼："可这是臭豆腐。"

"不，是岭南的珍馐豆腐。书上讲，这种豆腐是用珍珠粉加卤水点制而成，吃起来绝世美味不说，兼顾美容养颜。你瞧，我这脸上是不是生了些斑。"她俏皮地指了下鼻尖，逗得翠羽哈哈大笑。

看着翠羽笑得前仰后合，盛七歌微微敛眉，藏住眼底的忧伤。

晚饭的时候，翠羽果然端着一只托盘进来，上面摆着一只白瓷瓦罐，旁边是一碗白饭。

"这是什么？"盛七歌挑眉问道，"怎么臭烘烘的？"

"扑哧！"翠羽抿唇一笑，"小姐你说什么呢？臭豆腐当然臭了。"

"你拿臭豆腐给我干什么？"盛七歌不悦地撇嘴，嫌弃地挥挥手，"赶紧拿下去，难闻，熏得我都快吐了。"

"小姐，不是你自己要吃的吗？"

"我要吃的是珍馐豆腐。不是臭豆腐。"

"珍馐豆腐不就是臭豆腐？它加了珍珠粉也还是臭的啊！"翠羽无奈地道。

这丫头，最近越来越没大没小了。

盛七歌捏着鼻子凑过去一看，真的是臭豆腐："不是骗我？"

"您是那么好骗的吗？再说我也不敢啊！"

"那倒是，你家小姐我可是火眼金睛。"盛七歌说完，推着翠羽往门外走，"算了，一闻起来就想吐，还是赶紧拿走吧！"

"哎，小姐，小姐！"眼见小姐已经把门合上，翠羽无奈地叹了口气，扭头看了眼不远处的假山，一道紫色的衣袂露出一角，她快步走了过去。

"殿下。"

"她可是用了？"慕容锦夜挑眉看了一眼托盘里的瓷罐。

翠羽摇了摇头："小姐说，一闻起来就想吐。"

慕容锦夜扭身看了眼金屋，里面一灯如豆，素白的窗纸上映着一个单薄的身影。

"好，下去吧。"

"那殿下……"翠羽低头看着自己的鞋尖，沉默了好一会儿，才鼓起勇气说道，"殿下，有些话我不知道当说不当说。"

慕容锦夜低头看着她："你要说什么？"

翠羽猛地抬起头，声音低低的，却带着一丝江南女子的温婉："小姐她不快乐。"

慕容锦夜的眼神一黯，他又如何不知道她不快乐呢？可他能放手吗？即便理智无数次地告诉他应该放手，可就是无论如何都做不到。就算是看着她牵着魏恒的手，他都没办法下决心，何况一旦她离开永州，那么便意味着他们之间再无可能。

他无法容忍，更不可能看着她有一天嫁给别人。

更何况，他她还怀着孩子，就算她那么可恶地否认孩子是他的，他也不会相信，或者说，不敢相信。

翠羽扬眉看着他，终是叹了口气，转身离开了。

看着翠羽的背影消失在回廊尽头，慕容锦夜抿唇苦笑，离开金屋，竹林尽头有一盏昏黄的引路灯若隐若现。

"是谁？"他挑眉问了一声，飞身跃过去，凑近了才发现是张沄熙，"你怎么在这里？"

张沄熙低敛着眉："我，我……"

"算了。"慕容锦夜一摆手，"以后别来了。"

"殿下。"张沄熙伸手一把拉住他的袖摆，眸子有些发红，好长时间的静默过后，才鼓起勇气说了一句，"我知道殿下心里爱着盛姑娘，也知殿下心里难过，臣妾不奢望殿下会喜欢我，但至少，不要误了自己的身子。膳房的小厮说，殿下已经几日不曾好好用膳了。"她温润如水，小心谨慎，拉着他袖摆的手却坚定地不肯松开。

一股微微的暖流在心上流淌，慕容锦夜有些失神，冰凉的指尖情不自禁地拂过她白皙的脸颊、精致的眉眼，曾经，盛七歌也曾这般照顾过他，可如今她只会冷漠地看着他。

"殿下！"张沄熙被他迷茫的眼神看得脸一红，忍不住伸手抓住他的手。

"不。"慕容锦夜好似被火灼烫了一般猛地缩回手，"对不起，沄熙。"

　　张沄熙抿唇苦笑："对不起什么呢？这世间情之一事又哪是别人能够左右的呢？殿下，我不怨你，不恨你，可你至少要爱惜自己的身体，我在景兰苑备了饭菜，去吃一点儿吧！"她柔柔地说，一双幽泉般的眸子深情地看着他。

　　许是心里过于压抑和失落，慕容锦夜愣愣地看着张沄熙，又想到盛七歌的脸，是不是就算他爱上别的女人，她也不会伤心呢？

　　胸膛里跃跃欲试的火苗越燃越烈，他挽起张沄熙的手，扭头看了眼隐在竹林后的金屋，唇角勾出一抹意味深长的苦笑。

　　次日。

　　阳光从洞开的窗棂射进来，慕容锦夜猛地睁开眼，陌生的摆设，陌生的屋脊。屏风后的饭菜还没有撤下去，地上凌乱地散落着纠缠在一起的衣衫，素白与鹅黄，仿佛一下子成了禁忌之色，让他瞬间有种天都要压下来的感觉。

　　"殿下？"

　　他猛地转头，张沄熙红着眼眶缩在床榻一隅。

　　四目相对，哑口无言，他想起昨夜自己做的荒唐事，想起自己蓄意酗酒，想起自己把她当成盛七歌，一切历历在目，心里却宛如刀割。他沉着脸下了床，木然地穿好衣物，只觉得窗外的暖阳是那么刺眼，他甚至不敢想，如果盛七歌知道了一切，他与她之间，是不是就真的走到了陌路。

　　他不敢言语，甚至不敢看一眼张沄熙，像只偷腥的猫一样仓皇逃离。

　　直到看着他的背影消失在门外，张沄熙才微微抬起头，精致的五官荡起一丝浅笑，素手轻轻地抚过小腹。

　　这时，丫鬟推门而入，见到满地的狼藉，面上露出了一抹喜色："恭喜

太子妃。"

"恭喜什么？"张沄熙抿唇冷笑，"好戏还在后头呢，现在该是我们反击的时候了，不是吗？"她微微敛眉，目光幽幽地看着远方。

盛七歌，我张沄熙看上的东西从来不允许别人染指，后位如此，慕容锦夜也如此。我给过魏恒机会，可他未能带你离开，那么以后不管我做什么，都是你自己的命数。

不到半天，太子昨夜临幸太子妃的消息就传遍了整个太子府。

金屋里，盛七歌若有所思地看着院子里的夏槿花，许是过了时令，花儿败落得很快，仿佛眨眼间，让人有种物是人非之感。

"小姐。"翠羽轻唤一声，眼眶有些发红，她不明白，不明白殿下那么爱小姐，怎么又会临幸别的女子？

"怎么哭了？"她笑着折了枝藏在夏槿花丛中的雏菊，小小的花朵，却格外坚韧，哪怕经历了前几日的暴雨摧残，依然开得灿烂。

"小姐，你不要这样子。"

"不要哪样子？难过？伤心？因为太子和太子妃圆房？这本就是情理之中的事。"情理之中而已，只不过是旁人看不清。慕容锦夜，张沄熙，他们是命运捆绑在一起的，而自己，无力去扭转。

她淡淡地笑，于晨光中静立，阳光从头顶洒下来，在她身上镀了一层淡淡的光晕，身姿轻薄得好似转瞬就会羽化而去。

爹说过，情之一事，最是难以掌控，却没说过，一旦沾染，要如何化解。

心不是不疼，只是麻木了，便不知道疼的滋味了。

回廊间的那一抹紫色她不是没看见，可那又如何？该发生的已经发生了，这是谁也改变不了的。

"小姐，是殿下。"翠羽也发现了回廊里的慕容锦夜。

"我饿了，走吧！"她未曾看他一眼，转身拉着翠羽进了金屋。

过了八月，她还未显怀，走路总是轻盈的样子，只是人好似消瘦了许多，本来有些婴儿肥的脸越发消瘦，却也更显得那双眸子越发凌厉，看人的时候仿佛一眼就能看进人的心里。

又过了两日，宫里突然传来消息，皇上病情加重，慕容锦夜大部分时间都留在宫里，也不知是刻意躲着她，还是躲着张沄熙。

这日，用过午膳，盛七歌正拿着小铲子在给夏槿花松土，翠羽惊慌失措地跑进来，发现她蹲在院子里摆弄铲子的时候吓得差点没跪下。

"小姐，出大事了。"翠羽一边说，一边小心翼翼地将她从地上拉起来。

"什么事？这么大惊小怪的？"盛七歌抿唇轻笑，笑意却未达眼底。

翠羽每次看她露出这种表情都特别心疼。魏公子战死的消息传来的时候，小姐也只是在刚刚听到消息的时候哭过，后来便总是这样，一边笑，一边把悲伤藏在心里。有些人，不是不悲伤，只是习惯性地把自己真实的情绪藏起来。

她曾经看过小姐晚上一个人爬起来，在院子里一坐就是一整夜。太子殿下临幸太子妃的那天晚上，她也看见小姐一个人坐在廊下喝茶，神情悲伤得仿佛就要死去。

"是魏公子。"

163

"魏恒怎么了？"她微微挑眉，漫不经心地把手里的铲子放到一边。

"魏公子昨日在朝上公然拒婚，以死相逼要求解除和安南公主的婚约。皇上气得不轻，回到御书房就吐血了，现在朝堂上都要炸开锅了，好多大臣要杀魏公子，还是公主舍命护着他呢。"

魏恒这是要做什么？

盛七歌心中一寒，抬头望了望天，心中隐隐有些不安，这是要变天了吗？

"小姐，我们现在怎么办？"翠羽焦急地问道。

盛七歌抿唇一笑："什么怎么办？"

"小姐难道不知道，魏公子是为你拒婚的。"

"翠羽。"她忍不住苦笑，伸手拍了拍翠羽的肩，"傻丫头，他只是在做他自己的决定而已，与我又有什么关系？"如果真想与她在一起，最开始就不该留在公主府。到底是岁月催人，谁也不是当年的少年少女，很多事皆是情非得已，命运弄人。

"算了，收拾收拾，我要午睡了。"说着，她掸了掸身上的尘土，转身往内室走。

"前面可是盛七歌盛姑娘？"一个尖锐的声音从回廊传来。

盛七歌微微一愣，扬眉看过去，几个宫人簇拥着一名上了年纪的公公从那边快步走来，说话的是那公公。

"是我家姑娘。"翠羽应了一声。

"杂家是御前总管容嗉，皇上宣盛姑娘觐见。"

盛七歌身子微微一僵，心中的不安无声无息地扩大了。

终于来了吗？那个一直暗中操控着一切的人，终于要见她了？从此，盛家是不是要走上另外一条路了呢？

（3）翠羽之死

宫人推开安阳殿厚重的宫门，一股浓郁的药味扑面而来，昏暗的大殿里点着龙涎香，却终是被药味掩盖，只剩那香鼎之上飘散的青烟不断地上升，不断地消散。

那人就坐在窗边，时不时轻咳几声。

他的发鬓已经半白，枯瘦的身体随着咳嗽声微微颤动。

"民女盛七歌，参见皇上。"她小心翼翼地跪在十步之外。宫人早已退出殿外，偌大的宫殿里，只有她的声音在回荡着。

慕容宇微微转身，病态的脸上依稀有几分慕容锦夜的影子，特别是眉眼中若隐若现的那抹冷淡。她不自觉地身体紧绷，沉静地看着他。

慕容宇低头打量着面前的女子，不像，一点儿也不像她，不，还是像的，那双眼睛，看人的时候和她一模一样，总是无所畏惧，无所忌讳。

他轻笑两声："起来吧！知道我为什么要见你吗？"

盛七歌恭顺地站起来："不知道。"

"只是想让你见一个人。"他抿唇轻笑，走到内室打开密道的门。

盛七歌只觉得一股寒气瞬间扑面而来，幽深的甬道里，有淡淡的幽蓝光亮溢出来。

她侧目看着慕容宇，竟然发现他眼中含着泪光，神情说不出是悲悯还是

难过。穿过长长的甬道，豁然映入眼帘的是一个空旷的冰室，冰室中央有一座白玉石台，台上放着一副冰棺。盛七歌诧异地看着冰棺里的美丽女人，难以置信地惊呼出声："娘？"

她曾经在爹的书房里见过娘的画像，爹说娘在生她的时候难产过世，所以从她有记忆开始，心目中娘亲的样子就永远是爹书房里那幅画中的样子，娇艳雍容，眉目中满是芳华，一颦一笑都让人魂牵梦萦。

爹说他这一辈子最爱娘亲，他说他此生最大的心愿，便是百年之后能和娘安葬在一起，可她从未见过娘的墓碑。

她曾经问过爹，她也还记得那时候他脸上的表情，悲伤而痛苦，他说娘葬在很远的地方，那里美丽、安静、祥和、没有战乱、没有谋算，是真正的世外桃源。

她从不知这乱世还有那样的地方，只当爹是不愿讲，却没想第一次见面却是在这深宫之中。娘依旧是画中的模样，岁月从来不曾在她身上留下痕迹，而身边的人却已迟暮。

她看着慕容宇深情地注视着棺椁里的娘，突然间明白过来，这个高高在上的男人眼中蕴藏的感情。她走过去，居高临下地看着冰棺里的女人，想象着很多年前她还是那么鲜活地周游在两个深爱着她的男人身边，也可以想象她的矛盾，她的无奈，就好比此时的自己。

"霓裳，你看，你的女儿来看你了，我说过，会让她来看看你的。"慕容宇隔着冰棺温柔地抚摸女子的脸，表情如初恋的少年，讨好，爱慕，甚至是小心翼翼。

盛七歌安静地朝棺椁里的娘磕了三个响头，而后立在一旁。

"你娘很爱你。"慕容宇冷不丁开口，声音里带着一丝悲伤，"当年我在永州遇见你娘的时候，她才十七岁，比你还小一些。我从没见过她那样的女人，美丽、自信、聪敏，跟所有闺中女子都不一样。只一眼，我就爱上她了，可那时她已经有了心爱的人，你的父亲盛云清，而那时我与他亦是最好的朋友，他救过我的命。"他像一下子陷入了回忆中，略显疲惫的眼神里带着一丝憧憬和寂寥，"我深深地爱上她，甚至曾经为了得到她而动了杀掉你父亲的心思。可她最后还是没有选择我，她为你父亲挡住了我的剑，最后才落下隐疾，在生下你之后便去世了。你出生的时候，第一个抱你的人是我。那时我想把你带走，但是她不允啊，她在弥留之际甚至逼着我发誓，她要我答应她，如果有一天我登上那个位置，一定不要让你进宫。盛家的女儿，永世不得入宫。她说爱情里容不得第三个人，她不希望你和她一样，她想要你过得平安幸福。"他忽而一笑，神情充满悲悯，"你知道我当时多恨你吗？如果不是她一定要生下盛云清的孩子，她不会死的。"

他转而俯身伏在棺椁上："霓裳，很快我就会去陪你了，我困了你这么多年，又逼着盛云清续弦，你会恨我吗？"他就像任何一个普普通通的老人一样，在迟暮的时候回忆起年少的事，絮絮叨叨地诉说着。

盛七歌望着他的背影，她不知道爹娘和他之间到底发生了什么，也无法想象，但她知道娘亲最后留下的那句话的意思。

一入宫门深似海，哪里还有什么爱情呢？

眼眶有些发热，她微微仰起头，不让眼泪掉下来。娘亲，女儿会如你所愿，即便此生爱而不得，也会好好地活着。

第二日，宫中便传来了慕容宇病逝的消息。

慕容宇突然驾崩，而当时正值大启攻打后齐，慕容锦夜对慕容宇之死秘不发丧，登基大典一推再推，只是太子府家眷已经开始为进宫忙碌地做着准备。

好在府中女眷并不多，除了太子妃张沄熙，另有两个通房丫鬟。后齐男子十五岁笈冠礼后，房中都会被塞进一两个通房丫鬟为其教导人事。只是慕容锦夜向来寡淡，对情事不甚欢喜，两个通房丫鬟始终住在内宅偏远的院落，直到张沄熙进府后，才被安排在稍微好一点儿的院落。

本来两人以为自己此生无法翻身，如今慕容锦夜继位，她们自然要随着进宫，一想到此后便是后宫妃嫔，一朝飞进帝王宫，两个向来低调的通房丫鬟便也开始活动起来。

而对于一直住在金屋中的盛七歌，府中众人则一直在暗中猜测，这位住在金屋的盛姑娘，会不会也被一并接进宫中。

过了掌灯时分，金屋里灯火通明，盛七歌沉着脸看着面前的老者，一旁的地上满是碎瓷片，红豆粥洒得到处都是。

"梁太医，翠羽她到底怎样了？"

老者微微抿了抿唇："还是请盛姑娘节哀吧，翠羽姑娘怕是救不回来了。"

救不回来了？怎么会救不回来呢？

她愣愣地看着床榻上的少女，眼泪不自觉地涌出眼眶。床上的女孩还那么年轻，还没有嫁人，可她马上就要死去了。她那张苍白的脸上没有丝毫血色，紧闭的双眼再也不能看着她露出心疼的表情。

她突然泣不成声，一把抓住翠羽已经冰凉的手，没有脉搏，甚至没有温度，这再也不是她的翠羽了，是吗？

"翠羽，你醒醒。"她一遍一遍地拂过那张苍白的脸，昨夜，这个小姑娘还笑嘻嘻地告诉她，她有喜欢的人了，是尹公子身边的小厮。

昨夜，她还偷偷进来给她掖被子。

昨夜，她还那么心疼地看着她，告诉她，小姐，咱们不在京城里待着了，咱们回永州好不好，小姐过得不开心，翠羽看着难过。

可只是过了几个时辰而已，怎么就没了呢？

她不敢相信这个事实，却再也叫不醒她。

"她是中了什么毒？"她猛地转身，一把揪住老御医的领子，尽力克制着情绪，平静地问道。

"红豆粥里放了百合，百合与这屋里燃放的紫金草凝练的香块互相作用，产生了剧毒。"老御医擦了一下额头的汗，好一会儿才道，"翠羽姑娘吃了红豆粥，本来紫金草的气味寡淡，倒也不会有什么问题，可是，可是……"

"可是什么？"

"可是，翠羽姑娘身上似乎还有别的毒，遂而引发三样东西的毒性，才会……才会不治而亡的。"老御医战战兢兢地说，目光对上了小几上她常常翻看的那本食谱。

盛七歌顺着他的目光望去，突然心底一寒，走过去拿起食谱递给他："这本食谱有问题？"

老御医点了点头："这食谱本没有问题，只是食谱所用的纸张是汉阳娟，这种娟纸在制造的时候特地添加了一种当地的特殊植物，叫天芽。天芽自身带有淡淡的香气，但是天芽有一个特性，遇百合与紫金草时能催发剧毒，所以这种娟纸后来很少制造了，一般人家都很少有，只有一些达官显贵和宫中才有。老朽冒昧问一句，翠羽姑娘看书时是不是有用舌尖舔指尖的习惯，若是有，那就是无意中催发了几样东西的毒性。"

红豆百合粥，紫金草，天芽！

盛七歌凤眸微眯，冷冷地看着窗外蔚蓝的天，心却瞬间跌到谷底。看书时有用舌尖舔指尖习惯的不只是翠羽，还有她。

今天如果不是她把红豆粥让给翠羽吃，那么死的人，会不会就是她呢？

早上她心血来潮要翠羽翻食谱找找适合她吃的甜食，而当时屋里点着的正是紫金草香块，后来奶娘王氏要人送了红豆百合粥给她，她没有胃口，便要翠羽喝了。那时翠羽正学着她的样子不时地舔指尖翻看着食谱，翠羽接过红豆百合粥，喝了不到半碗，整个人便开始剧烈地抽搐，然后口鼻出血，等她慌慌张张找来御医的时候，翠羽已经去了。

翠玉死了，是代替她死的。

她冷冷地看着床榻上的人，心中燃着猛烈的火，恨不能烧了这金屋，恨不能杀了那个算计她的人。

这一夜，她坐在床头一整夜都没合眼，不停地给翠羽擦拭苍白的脸，不停地回忆两人共度的时光。

是谁说，人死了便会变成天上的星星，她不知道翠羽会不会变成那颗最亮的星，她只想她好好活着，可这已经不再可能。

第九章
CHAPTER
09

进

宫

（1）怨憎恨

　　盛七歌要人将翠羽的尸体送到永州安葬，只有那里才是她的家，这长安城从来都不是。

　　那天送红豆百合粥的人是王氏，那本食谱是出自慕容锦夜的书房，可追根溯源，却是张沄熙从张家带来的，后来还是王氏要人送来给她看的。至于那紫金草香块，却是那位叫茱萸的通房丫鬟特制的。

　　茱萸生在制香之家，少时进了太子府，后来府中的香料都是她亲自制造或是帮着列采买的单子。

　　三个人看似互相没有丝毫联系，可事情又岂能那么巧合？

　　彼时，慕容锦夜在宫中处理公事已经半月有余，等他得知翠羽死去的消息时，已是半个月后女眷迁进宫的日子了。

　　他匆匆忙忙赶到金屋的时候，才发现盛七歌的腹部不知何时已微微凸起，她正闲散地站在院子里，素白的里衣包裹着她略显消瘦的身子，苍白的脸上带着一丝说不出的表情，似悲伤，似愤怒，又似隐忍。

　　他静静地站在十步之外，目光近似贪婪地看着她美好的侧脸，却突然不知道要说些什么。

　　"是皇上大驾光临了吗？"她没有回头，淡淡地开口，不再叫慕容锦夜，而是生冷疏离的"皇上"。

慕容锦夜的心微微一沉："你在怪我？"

盛七歌缓缓转身，目光光冷冷地看着他："你指什么？你与张沄熙圆房的事，还是指翠羽？"

闻言，慕容锦夜的身子一僵："七歌。"

"叫我盛姑娘吧，我还未成婚，皇上这样直白地叫我的闺名，不合适。"她依然淡漠得很。

"七歌，你是我的妻，肚子里还有我的孩子。"他最受不得她这种云淡风轻的语气，即便他错了，可是他爱的只是她，如果不是她刻意刺激他，他又怎么会难过地借酒买醉做下错事？

"我没说这孩子是皇上的。"

"你还在记恨是不是？记恨我与张沄熙……那晚我喝醉了，才会把她误当成是你，可你难道就没有一丝错吗？你不该见魏恒的，他是安南的未婚夫。可是你却为他挡剑。"慕容锦夜本来不是喜欢解释的人，也不擅长解释，可是他怕他什么都不说，她会记恨他一辈子。而那么长的时间，他赌不起。

"他现在不是了。"她抿唇笑笑，仿佛真的不疼不痒，可心底却已经千疮百孔，鲜血淋漓。

"你都知道了？"他挑了挑眉，说不出心里是记恨还是嫉妒，"我从不知道你对朝堂上的事也感兴趣。"

"我也从来不知道你喝醉了，会把我认成是张沄熙。"她反唇相讥，却觉得疲惫不堪。他们彼此试探彼此苛求，奢望着一份本就不该属于他们的幸福。就如同慕容宇说的，母亲不希望她入宫，只希望她嫁给一个平凡人，过平凡人的生活，一辈子平安幸福。

　　盛家的担子她已经摘不掉了，可又有什么必要再卷入后宫的争斗之中呢？权术之争，荣宠之争，这些对她来说没有任何意义，她在意的，其实只是在小镇里的慕容锦夜，而自从回到长安，那个慕容锦夜便已经死了。

　　慕容锦夜无言以对，只得把话题引到翠羽的身上。盛七歌为人算是刁钻任性、肆意洒脱的，但唯独对下人有着几分谦让，对盛三和盛二如此，对翠羽更是纵容。府里的管事说，翠羽死的那天，她一整晚都没睡，第二日管事的过来，人都有些蔫蔫的，不放心叫了大夫前来查看，居然险些动了胎气。

　　可就算这样，她还是没哭，也看不出有什么异样。可他知道，越是难过的时候，她越是平静，就好似暴风雨前的宁静，谁也不知道她下一步要做什么。

　　有时候他想，其实他对她一点儿也不了解，也正因为不够了解，所以两个人才会走到现在这个地步。

　　"需要查一查吗？"他问得小心翼翼。

　　"你会不知道吗？"盛七歌冷冷地反问，"我想御医一定跟你说了翠羽的死因吧。粥是王氏送来的，食谱是张沄熙拿进府中，再让王氏送来的，紫金草是茱萸所制，你真的相信这一切都仅仅是巧合而已吗？"

　　"你什么意思？"慕容锦夜神色微变。

　　盛七歌抿唇讥笑："粥是给我的，我有用舌尖舔指尖翻书的习惯，书更是我的，紫金草亦是我在用，翠羽的婢女房没资格点这种香。所以你觉得，如果那天喝了粥的人是我，死的会不会就是我呢？"

　　慕容锦夜脸色微白，握茶杯的手微微发抖，滚烫的茶水溢出来，洒在手上，顿时殷红一片。

"七歌，你想多了。"

"是吗？"素白的指尖轻轻地摩擦杯沿，"我累了，你回去吧！"

"七歌。"

"我会考虑的，不过……"她忽而一笑，"如果我进宫，你要我以什么身份进去？侍妾？妃嫔？还是……"她突然住口，冰冷的目光让他不寒而栗，"算了，我累了，你走吧，外面的宫人可是等急了，皇上已经不是当初的太子了，总跑到这里来不太好。"

慕容锦夜深深地看了她一眼："我会好好查的，必然还给你一个公道。"

"不是给我。"盛七歌深深地吸了一口气，目光幽幽地看着窗外的星星，"是给翠羽。"

慕容宇一死，朝中局势瞬息万变，当时拥立慕容嵩的大臣开始频频上折子希望慕容锦夜顾及兄弟之情允慕容嵩回长安，毕竟他自幼在西燕做了那么多年的质子，临了，即便是犯了再大的错误，也不该就此驱逐出长安。

慕容锦夜不是不想顾念兄弟之情，只是这皇权争斗，容不得一丝心软。他一边极力打压那些蠢蠢欲动的朝臣，一边又要烦心盛七歌的事。过了九月，她的肚子已经显怀，若是再不进宫，以后怕是于她名声不好。

御书房里，尹维坐在梨花木椅上，目光探究地看着桌案后连连皱眉的慕容锦夜，忍不住问道："皇上有心事？"

慕容锦夜点了点头："翠羽的死，你可去查了？"

"查了，是你家的通房茱萸跟王氏做的。你知道的，茱萸是太后的人，

王氏也是，太后看不惯你宠幸盛家丫头，找人想要除掉她也是情理之中的事。"不怕神一样的对手，就怕猪一样的队友，如果盛七歌真的进了宫，两个女人，不，加上一个张沄熙，这宫里可以唱一出大戏了。

就在慕容锦夜和尹维在御书房里讨论翠羽之死的事时，金屋里的盛七歌却意外地见到了一个人。

"白鹭？"她没想到白鹭会来长安，更没想到，他会深夜偷偷潜进金屋来看自己。

白鹭是神医谷的后人，早年与盛七歌在永州相识，两人结为知己，后来通州发生瘟疫，白鹭便随着商队去了通州。

通州疫情得到控制之后，两人就失去了联系，本来她是打算找白鹭来给魏恒治疗眼疾的，可是一来两人失去了联系，二来当时魏恒不肯认她，两人连见一面都成了问题，所以便一直耽搁下来，没想到此刻两人居然又重逢了。

"是盛二找到我的。"

盛二？自从她在天牢里收到他的一次云雀传信后，就再没有了消息，怎么会与白鹭相见？

看出她心中的狐疑，白鹭抿唇一笑："他说魏恒受了伤，得了眼疾，你派人在四处找我。这不，我一得空就来见你了。"

盛七歌有些不解，盛二为什么要这么做？照理说他是慕容宇的人，慕容宇一死，他没理由继续留在自己身边，难道……

不对，盛二要白鹭给魏恒医治眼疾，可盛二并不知道魏恒根本没有失去记忆，那么，会不会是盛二怀疑魏恒，或是他知道了魏恒是大启后人的身份，想要借白鹭试探魏恒是否真的失忆、失明？如果魏恒失忆和失明都是假的，那就坐实了他是大启派来的细作一事……慕容宇一死，盛二就顺理成章成了慕容锦夜的人，这么说来，是慕容锦夜要对魏恒动手？

心里猛然一惊，她一把抓住白鹭的手："走，现在带我走，我要去见魏恒。"

"喂，刚见面，你就要赶我走啊！"白鹭笑道，瞟了一眼她微微隆起的腹部，眼神一黯。

盛七歌微愣，顺着他的视线看去，忍不住苦笑："你要笑话我？"

白鹭定定神，掩饰道："我就是有点儿诧异，你也会生孩子。"

盛七歌脸一沉，一把抓过茶杯往他身上砸去："废话，本姑娘是个女人，怎么就不会生孩子？"

"好了好了，我就是开个玩笑，不过，你真的要去见魏恒？"

她点了点头，目光幽幽地看着窗外黑沉沉的天空："翠羽已经死了，凤楼也因为我而没了孩子，我不想魏恒再有事。"

佛说人生有八苦，怨憎恨，爱别离，求不得，放不下。

她与魏恒在最好的时光遇见，却没能最终走进彼此的心。她与慕容锦夜在最不对的时间遇见，曾经以为彼此拥有，结果却还是渐行渐远。如果人生可以选择，或许她不会爱上魏恒，也不会爱上慕容锦夜，她会嫁个平常人，平平淡淡地过一辈子。

（2）同意进宫

御书房里，慕容锦夜坐在桌案后，对面的阴影处缓缓走出一人，不是别人，正是消失了很久的盛二。

"为什么来找我？你身上又为什么会有父皇的御赐金牌？"据他所知，当年父皇确实秘密打造了一块御赐金牌，持金牌者可自由出入宫中，只是谁也不知道这块金牌到底给了谁，如今为何又在盛二手中？

"我是来还这块金牌的。"盛二淡然地一笑，"当年先皇对我有救命之恩，先皇给我这块金牌，是因为与我有约，我要保盛姑娘安安稳稳地活到二十岁，之后我便自由了。现在先皇已经去了，盛姑娘也眼见着就要过二十岁生辰，约定之期眼看就要到了，我先来把东西还了。"

慕容锦夜没想到父皇对盛七歌这么在意，转念一想，以他对霓裳的爱意，想要保护她的女儿，也是无可厚非的。

他凝眉看着盛二："那金牌呢？"

盛二一笑："暂时还不能给你。"

"既然不还，那你进宫究竟何意？"慕容锦夜看着盛二，手中的朱笔微微一顿，在折子上晕开一点墨渍。

"皇上一直怀疑魏恒的身份，也曾找人调查过。"盛二说道，目光含笑地看着慕容锦夜，"只是一直没有找到他通敌的证据。"

慕容锦夜挑眉看向他："你的意思是，你找到他通敌的证据了？"

盛二摇头："盛姑娘曾经为了给魏恒医治眼睛和失忆的急症而遍寻神医谷的神医白鹭，但是白鹭行踪诡异，一直没有找到，所以魏恒的眼疾到底能不能治，怎么治，又是如何伤的，没人知道。"

"你消失的这段时间，是去找白鹭了？"慕容锦夜微微掀了掀眼皮，继续批阅手里的奏折。

"已经来了，现在怕是在魏恒的住处了。"

"你告诉我这些，到底是什么意思？"

"我只是也不信魏恒而已。找到白鹭，自然也就知道了他受伤的真实情况，究竟如何受的伤？眼疾、失忆、巧遇公主，巧合太多了，多得让人生疑。"盛二抿唇一笑，背靠着雕龙大柱，目光慵懒地看着慕容锦夜，"按理先皇一死，我就自由了，当年与先皇约定保盛七歌到二十岁算是还了他的人情，再有不到一年的时间，盛姑娘过了二十岁生辰之后，这世上再无盛二这人。我来找皇上，也算是对旧主的一丝情谊。皇上喜欢盛姑娘，就别让她再卷进这些是是非非吧。"说着，他转身欲走。

"等等。"慕容锦夜出声叫住他，"我希望这段时间里，你能寸步不离地守着她，不让她有丝毫闪失。"他低敛着眉，只有他自己知道，翠羽的死在他心里到底掀起了多大的风浪。

如果那日不是翠羽喝了红豆粥，死的就是她。他知道她想要一个公道，可是现在不能，还不是时候。大启蠢蠢欲动，父皇刚刚过世，他虽然秘不发丧，但大启未必就看不出朝中的异样，若是此时查出幕后主使是太后，那么不仅太后背后的娘家会对他有微词，就连张栋梁那只老狐狸，也一定会为了保护张泫熙而想尽办法除掉盛七歌。

"皇上，皇贵妃那里传来喜信了。"容喙的声音在门外响起。

"什么喜信？"慕容锦夜朝盛二使了个眼色。盛二会意地点了点头，飞身从后窗跃了出去。

"回皇上，皇贵妃早晨身体不适，下午时找御医看了，御医说是有喜了。"

179

"什么？"手里的朱笔猛地落地，清脆的声响回荡在偌大的宫殿里。那一刻，慕容锦夜仿佛看见了盛七歌离自己越来越远的背影，他伸手去抓，可抓住的却只是为数不多的回忆。他猛地从椅子上站起来："摆驾暖阳宫，还有，贵妃有孕的事不准说出去，否则一律杖毙。"

慕容锦夜继位后，张沄熙作为太子妃理应顺理成章地晋升为皇后，但慕容锦夜却始终压着，只封了一个皇贵妃，赐处理后宫之权。

张沄熙有孕的消息虽然被慕容锦夜压了下来，可这天底下最藏不住秘密的就是宫闱秘闻，而且这宫里又从来不缺有心人，皇贵妃有孕的消息，还是以极快的速度传开了。

太后的永安宫里，张沄熙带着茱萸和另外一个通房前来请安，用过早茶，太后将茱萸二人打发离开，与张沄熙在院子里继续品茶。

此时天气转凉，张沄熙解下肩头的披风罩在太后身上："母后，别着凉了。"

太后笑眯眯地拉起她的手，一脸的宠溺："沄熙你这孩子就是懂事，也不知皇上怎么就是不待见你，都是那个小蹄子惹的祸，当年她娘就是个祸水，好在没有进宫，如今哀家是绝对不会让她进宫的。上次没有毒死那丫头，下次她可没那么好运了。"

"母后，盛姑娘她……毕竟怀了皇上的孩子。"

"孩子？"太后狠狠地瞪了她一眼，"你还给那个贱人说情？上次安南可是说了，她跟魏恒本就是未婚夫妻，关系一直不清不楚的，前段时间魏恒还偷偷去太子府里看过她。魏恒胆敢公然在大殿上悔婚，难保不是为了她！她肚子里的孩子，保不齐就是个孽种。"

张沄熙故作矫情地看着太后："母后，会不会是您多心了？"

太后冷笑一声："沄熙，你要知道，这女人啊，为了荣华富贵没有什么做不出的，你看现在她端着身份不肯进宫，可难保什么时候就答应了，那时你在后宫该如何自处？你肚子里怀的，才是真正的龙子龙孙。"

沄熙红着脸看着太后，又低头看了一眼尚平坦的小腹，抿唇苦笑："可是皇上似乎不喜欢这孩子。"

"傻话！皇上不喜欢自己的亲生孩子，难道去喜欢那个来历不明的孽种？"太后猛地一拍桌案，"你先回去吧，记得不要妇人之仁，咱们张家，可是要靠你和你肚子里的孩子的。"她说完长长地叹了一口气，目光幽幽地看着远方，忽然想到好多年前，她也曾经深深地爱着一个男人，爱着那个高高在上的人，可他的心同样不在她的身上。

但那又如何呢？她是张家的女儿，即使得不到爱情，只要坐稳现在这个位置，让张家一世荣光便好。

现在慕容宇死了，慕容锦夜虽然早年寄养在自己的名下，可到底不是自己的亲生孩子。况且……她不敢再想下去，然而那些年前的事仿佛就发生在昨日，不断地提醒她，慕容锦夜生母的死，与她脱不了干系。

如果有一天慕容锦夜知道了真相，她还可以这么安稳地坐在这个位置上吗？

她害怕，所以她要张家的女孩继续坐这个位置，只要沄熙生下皇子，只要沄熙坐在后位上，只要张栋梁不倒，张家便永世无忧。

　　玄武街东门的一间大院前，一辆马车停在大门口，车帘撩开，两名穿着贵气的公子一前一后下了马车。

　　为首的白衣公子在门前站了许久，身后的紫衣公子有些着急，他走过去，伸手拍了拍白衣公子的肩。

　　"怎么不进去？"着紫衣的尹维抬头看了一眼高高的门楣，忍不住笑道，"探子说，那晚有人潜进金屋带走了盛七歌，两人之后进了这个宅子，你不去看看？魏恒悔婚后就住在这里，你就不怕……"

　　"怕什么？"慕容锦夜打断他的话，挑眉问道。

　　尹维抿唇一笑："谁知道呢？不过你不进去，我可是要进去了，看一看名震天下的神医也是好的。"说完，他伸手推开了虚掩的大门。

　　院子不大，但里面种满了夏槿花，虽然已经开败，但可以想象出不久前的盛放模样。院子一侧摆着一张石桌，上面的茶具一应俱全，淡淡的茶香飘过来，带着微微的苦涩。

　　似乎盲人的听觉都是敏感的，听见脚步声，魏恒率先侧脸朝这边望过来。他的眼睛上缠着绷带，脸上却带着笑意，也不知道是不是故意的，竟然唤了一声："七歌，有客人来了。"话音刚落，便见盛七歌端着托盘从一间里屋缓步走出来，见到慕容锦夜的时候微微一愣，手里的托盘应声落地。

　　"怎么了？"

　　伴随着这个清冷的声音，白鹭从她身后现身，看到慕容锦夜的时候诧异地挑了挑眉："你们是谁？"

　　慕容锦夜抿唇不语，冲过去一把拉住盛七歌的手，将她狠狠带进自己的怀里。

"你放手！"从惊愕中回过神，盛七歌咬牙瞪着慕容锦夜，"你来干什么？"

"跟我回宫。"这是慕容锦夜第一次这么疾言厉色地看着她，眼中蓄满的杀气连一旁的魏恒都可以感觉得到。他猛地从石椅上站起来，伸手一把拉住她的手："七歌。"

"放手。"慕容锦夜死死地瞪着两人交握在一起的手，妒火在心底如野火般蔓延，恨不能用眼神杀了面前这个男人。

"七歌，我可以带你离开。"魏恒面对着盛七歌，波澜不惊的脸上没有丝毫表情，可只有他自己知道，他是鼓起了多大的勇气说出口的。

"魏恒。"她长长吸了一口气，抿唇轻笑，"你知道，我来只是希望你能治好眼睛。"翠羽已经死了，她不想再连累他。

如果翠羽不死，她也想回永州一了百了，可是现在不能了，翠羽死得不明不白，她无论如何都要找到凶手，替翠羽报仇。

既然有人想要她死，她便偏偏不如她们的意，她们不想她进宫，她偏偏就要进宫。害死翠羽的人，必然也要付出血的代价。

她近乎催眠般地这样告诉自己，可是只有她自己的心知道，她还是舍不下他，还是想再给彼此一个机会，还是奢望着，即便是在那深深的宫闱之中，只要她努力，只要他爱她，他们会谱写出一段不一样的恋情。

一生一世一双人，多么诱人的一句话，她不忍就此放弃，她也想再努力一次。得之，我幸，不得，我命。

"你可以不走的。"魏恒祈求地说，却失望地发现，不知从什么时候开

始，她已经再也不是当年那个深情款款地看着他，爱着他的小姑娘了。错过了，便真的错过了。

"魏恒，我必须走。"她轻轻拍了拍他的手，眼眶有些发红，却没有流泪。不是不伤心，而是她没勇气伤心，她还有太多的事要做，不能倒下去，也不能退缩。

"七歌。"他紧紧地抓着她的手不放，"跟我走，我们回永州，就当一切都没有发生好不好？我们一家三口，过平平淡淡的日子。"他的神情很温柔，一如好些年前一样，可她知道，他们再也回不去了。

"魏恒，咱们的缘分早就尽了。"她笑着掰开他的手，扭头看向慕容锦夜："走吧！"

慕容锦夜紧绷着身体，目光越过她看着魏恒，刚刚他的话就像一根刺狠狠地扎进他心里，即便明明知道盛七歌肚子里的孩子是自己的，可是，他还是怕，怕这世间上有"万一"这个词，怕他最终还是没办法留住她。

他紧紧地握着她的手，力道大得恨不能将她揉进骨血里。

"盛家丫头，你可真够折腾的。"一直沉默不语的尹维突然出声，笑眯眯地看了眼白鹭："对了，这位可是神医谷的神医？"

白鹭瞪了他一眼，点了点头。

"听说神医医术高明，前些时候，我偶然得了一本华佗行医时的手记孤本，不知道神医感兴趣否？"

白鹭眼睛一亮："真的？"

尹维抿唇一笑："真的，不过要神医跟我回去一趟。"他早就探听清楚，神医白鹭最喜医书，像华佗手记这样世间难求的绝世孤本，别说去他府上，便是下地狱白鹭也会跟着去的。

白鹭轻咳一声，看了眼盛七歌，又看了看魏恒，转身嘱咐道："晚些时候我再来给你上药。"说着，人已走到尹维身后："我跟公子走一趟。"

尹维咧嘴一笑，得意地看了一眼魏恒："魏公子，告辞了啊！"

直到一行人匆匆忙忙地离开了院子，魏恒攥紧的拳始终没有放开。

"少主！"管事的从屋内出来，看着紧闭的门，眉头微微皱起，"少主，盛姑娘还会回来吗？"

"大概不会了吧！"他长长地叹了口气，右手轻轻抚上覆盖着纱布的眼，"父皇那边是否有消息？"

"回少主，皇上已经在西南扎营了，到时候希望少主里应外合，然后一举拿下后齐。"

"哦。"他微微扬眉，他看不见头顶的天，也看不见自己的未来。他不知道自己这一步是不是走错了，可是这或许就是命运，谁也无法抗拒。

（3）求不得

有时候人生就像一场跌宕起伏的折子戏，你永远不知道你下一刻会是什么样子。盛七歌不知道，慕容锦夜也不知道，就如同命运的此轮早已运转，谁也无法逃脱一样。

盛七歌进宫似乎在情理之中，却又在情理之外。说是情理之中，是因为慕容锦夜从来都没想过有一天要放她回永州；至于情理之外，大概便是指张沄熙和太后内心不喜吧！

盛七歌一进宫，消息便在后宫传开，不到一天的时间，宫里便流言四起。

"在想什么呢？"慕容锦夜推开付暖阁的殿门，昏黄的烛光下，盛七歌正双手支着下巴对着面前的茶杯发呆。

"你来干什么？"她迷惘地眨了眨眼，模样娇俏，回眸间，倒是有股说不出的风情。

他痴痴地看着她，眉黛远山，轻点朱唇，秀气的容颜带着一种江南女子特有的风情，却又多了一丝男儿的英气。

湖水蓝的宫装包裹着她纤细的身体，一举手一投足都让他痴迷，让他忍不住沉溺在这少有的温柔中。

"来看你。"他笑着走过去，把手里的食盒放在桌面上，"宫人说，你没吃晚饭。"

她抿唇一笑，笑弯了眉眼，带着丝狡黠："我还不知道，当皇帝也这么闲，连我吃没吃饭都要管。"

慕容锦夜抿唇不语，一样一样把食盒里的饭菜拿出来，然后将一双象牙筷子塞进她手里："吃吧！"

看着一桌子的菜，盛七歌才觉得肚子确实也饿了："你来找我不会就是为了送饭吧！"说着，她低头闻了闻面前的米饭，"黄金稻。"

"你觉得我要跟你说什么？"慕容锦夜饶有兴致地看着她吃饭时秀气优雅的模样，抬手夹了一只鸡翅放到她碗中。

盛七歌抬起头，把碗放下来："你好奇我为什么会突然同意跟你回宫。"

"你想查是什么人害了翠羽。"

空气一下子凝滞了，她冷冷地看着他："你什么意思？"

"你不用查了。"

"难道翠羽就这么白死了？"她自嘲地看着他，突然发现此时站在自己面前的人，是那么陌生。

"七歌，给我时间，我会给你个交代。"

"哼!什么交代？随便拉出一个人杀了？"

"七歌。"

"别说了。"她失望地摇了摇头，"你走吧，我累了。看见你心烦。"

慕容锦夜还想说什么，殿门外传来太监总管容喙的声音："皇上，皇贵妃那里的丫鬟来了，说是皇贵妃身体微恙，皇上，您要不要去看看？"

慕容锦夜眸色微沉，垂在身侧的手攥紧了："你去太医院，让胡太医去瞧瞧。"

容喙挑了挑眉，若有所思地看了眼虚掩的殿门，转身离去。

房间里一下子静了下来，慕容锦夜愣愣地看着她微敛的眉眼，想说的话硬是卡在喉咙里说不出来。

说什么呢？说爱她？却让别的女人怀了孩子。说娶她为妻？却已经名正言顺地娶了张沄熙。

那一夜，慕容锦夜在盛七歌的付暖阁大殿坐了一夜；那一夜，张沄熙在寝宫砸了御医开给她的安胎药；那一夜，盛七歌睡得极不安稳，不知道为什么，她想到了凤楼那个未能出世的孩子。

次日，皇上为了付暖阁的盛姑娘连皇贵妃差点滑胎都不闻不问的消息，在宫里传得沸沸扬扬，有人说，盛七歌怀着皇上的孩子，也有人说，盛七歌是前驸马的前未婚妻，皇上这是横刀夺爱，而盛七歌肚子里的孩子自然就是皇上的了。后宫里的传言越演越烈，到最后传到朝堂里，几个言官便出口讨伐，逼着慕容锦夜把盛七歌赶出宫。

慕容锦夜大怒，当场便将两个进言的言官打得去了半条命，吓得整个朝堂的人噤若寒蝉，无人再敢提及将盛七歌赶出皇宫一事。

而此时，盛七歌正安稳地躺在付暖阁的大床上，对外面的风风雨雨一点儿兴趣也无，她现在只想快点生下腹中的孩子，然后找到杀害翠羽的凶手。

她相信，凶手一次杀她不成，便一定会继续杀她第二次的，而她能做的，只是等。

窗外的风把窗棂吹得啪啪作响，秋雨过后，天气便越发寒凉了。她起身剪了灯芯，有些失神地看着窗外摇曳的拂柳。

月色微凉，突然，一阵箫声从不远处的花园里传来，并伴着断断续续的抽泣声。

是什么人在这个时候吹箫？

她狐疑地朝花园的方向看去，便见花园里站着一个穿着素白长裙的女人。似乎是感觉到她的视线，女人猛地转身，露出一张苍白如死灰一样的脸。

"谁？"她吓得微微退了两步，再次朝花园看去，那女人却不见了。

隔日，宫中便有传闻，说是付暖阁里闹鬼了，有人听见女鬼夜里吹箫的声音，还有人听见凄厉的哭声。

"你说，付暖阁闹鬼是怎么回事？"盛七歌拉住一名小宫女逼问。

那宫女支支吾吾了好一会儿，才道："就是……就是前几年，还是先皇在世的时候，这付暖阁原来住了一位娘娘。这位娘娘刚进宫的时候很得宠，可是后来不知道为什么就失宠了，连肚子里的孩子也没了，后来，后来她就上吊死了。"

"哦？"盛七歌挑眉，"这跟女鬼有什么关系？"

"当然有关系了，宫里的老人说，是那位娘娘的鬼魂回来找孩子了。"

找孩子？盛七歌抿唇一笑，看来那人是坐不住了，连装鬼这种下三烂的手段都使出来了。

第二日，依旧是三更过后，盛七歌刚刚和衣上床，窗外突然传来一阵细碎的脚步声："孩儿，我的孩儿。"女人凄厉的嗓音带着一种破碎的腔调，盛七歌猛地从床上坐起，一边摸索着下床，一边伸手抓起床头的花瓶藏在身后。

女人的哭喊声越来越大，一阵风吹开了虚掩的窗棂，白衣女人苍白着一张脸站在窗外，一条猩红的舌头从口中垂下来，一直延伸到胸口。

"孩子，还我的孩子。"

盛七歌狠狠地咽了一口吐沫，双手紧紧地抓着花瓶："你到底是谁？"

"还我孩子，还我孩子。"女人依旧尖锐地叫着，一边晃动着胸前的大舌头，一边试图从窗口爬进来。

"还我孩子，我的孩子啊。"女人大叫着朝盛七歌扑了过来。

"去死！"盛七歌用力把手里的花瓶丢出去，可是由于有孕在身，最近肚子又越发的大了，动作没那么灵活，花瓶失了准头，贴着那女人的脸飞了过去。

"我杀了你，杀了你！"女人疯狂地冲过来。

盛七歌下意识地往后退，直到后背抵上冰冷的墙壁。

"杀了你，杀了你！"

眼见着女人就要得手，空气中突然传来一阵金属破空的嗡鸣之声，盛七歌微微一愣，只觉得眼前寒光一闪，一把长剑斜刺过来，正好挡在她和女人之间，剑锋抵着女人的喉咙。

"别动，刀剑无眼。"

熟悉的声音从身侧传来，盛七歌猛地扭头："盛二。"

盛二抿唇一笑："掌柜的，好久不见了。"

盛七歌的心瞬间落了地："是好久不见了，我以为先皇死了，你就走了呢。"

盛二摇了摇头："我答应保护你到你满二十岁，现在还差两个月呢。"

盛七歌笑笑，扭头看那女鬼，仔细一辨认，竟然是茱萸假扮的。

在太子府的时候，她曾远远看过这个女人，美艳娇柔，如人前牡丹，如今看来，也不过是丑恶得让人无言。

"为什么要来杀我？"

茱萸早已吓得浑身发抖，盛七歌倒是不信她会说谎，茱萸这样的人，从小生在深宅，见惯了内宅争斗，又岂会为了保全他人而牺牲自己呢。

"是……太后要我扮鬼吓你。"

"太后怎么会联系你？"

"奶娘王氏是太后的人，早年就安插在太子府了。"

"上次翠羽中毒的事，也是你和太后做的？"

茱萸一愣，连忙摇头："不，不是我，真的不是我杀的。是……是太子妃，不，是皇贵妃。"

盛七歌并不惊讶，她从来都没觉得张沄熙是个宽宏大度的人，只是她不该害了翠羽。

这一夜，秋风特别的冷，盛七歌静静地站在回廊间，手里的茶已经凉透，黄色的茶汤上浮着几片枯黄的落叶。

"要报仇？还是要我杀了张沄熙？"盛二笑着走过来，接过她手里的茶杯。

盛七歌扭头看他，脸上带着一丝惊讶："我倒不知道，在这后宫里你还能杀人？"

"确实不能，可是要一个人死，倒也不是难事。"

她摇了摇头："有时候，死未必就是最痛苦的。他们不是要保张家永世富贵吗？那你觉得，我毁了张家如何？"她笑得如春花般烂漫，这让盛二想起少女时的盛七歌，那时她还是个无忧无虑的小丫头，转眼数年过去，小丫头的眉宇间也有了愁绪。

他长长叹了口气："你要如何做？"

盛七歌抿唇一笑："据我所知，龙景十二年时，张栋梁曾经下过一次淮南，那时候正值淮南水患，朝廷发放了一百多万两赈灾款，但当时最后落实到灾民手里的只有十五万两。后来先皇大怒，下令由张栋梁彻查此案。三个月后，案子告破，牵连贪官污吏十数人，赈灾款却只追回了三十万两，其余的六十五万两雪花银全部失踪。"

盛二眉头一挑："你的意思是……"

"当时一共死了五个贪官，发配了两个，但是据我所知，被发配边关的两个官员在途中离奇染了时疫身亡。而那两个官员的家眷也在半个月后全部搬出长安，就此不知所踪。当时张栋梁负责整个案子，相关人员又全部死掉，那么大一批银子不可能一夜之间就花光了，但又是如何运出淮南的呢？你可以顺着这个线索去查，我就不信张栋梁真的是个清得不能再清的官。"

这人做了事，不管是好的坏的，总要付出些代价，不是吗？

盛二欣慰地看着她："小丫头长大了。"

盛七歌羞涩一笑："盛二你这是酸我吧！"说着低头看了看凸出的肚子，"孩子都有了。"

盛二一笑，伸手拍了拍她的肩："丫头，以后自己要多保重。"

"会的。不过，此事我不希望你告诉慕容锦夜。"

盛二点了点头，于情于理，他也希望盛七歌能过得好，这种事一旦牵扯到了慕容锦夜，难免不会让本就关系紧张的两个人越发误会彼此。

"那她怎么办？"盛二扭头指了指被点了哑穴的茱萸。

盛七歌抿唇冷笑，从怀里掏出一只白玉瓷瓶，倒出一粒黑色的药丸塞进她的嘴里。

茱萸睁大眼睛，愤恨地瞪着盛七歌。

"别怕，虽然是毒药，但是暂时死不了。不过，你要是回去乱说什么可就说不定了。以后每月初找我要解药。"

第十章

CHAPTER

10

痴情总被无情伤

（1）局

第二日，付暖阁里盛姑娘昨夜莫名动了胎气，好在人身子骨还算结实，只是稍微见了红，没什么大碍。

慕容锦夜下了早朝急急忙忙地赶过去，却被拦在门外死活不让进。

"七歌。"怒急的慕容锦夜一脚踹开门，见了屋内的盛七歌才微微一愣，剑眉挑了挑，心有余悸地问，"怎么会动了胎气？现在怎么样？"

彼时盛七歌正坐在床上摆弄几件小衣，红彤彤的锦缎棉袄看着特别喜庆。

"你怎么来了？"

"听说你动了胎气。"慕容锦夜走过去，灼灼的目光恨不能在她身上烧出一个洞。

盛七歌抿唇一笑，把棉袄叠好放在床头，双手交叠轻轻放在隆起的腹部上："没事，就是贪嘴吃了些寒凉的东西，太医给开了药。"

"七歌。"他微微敛眉，一把抓住她的手，"为什么不说实话？"

"说什么实话？"她抿唇冷笑，说了又如何？他能为了她而杀掉另外两个女人吗？不，不会的。

"容喙说，最近几日付暖阁外有女鬼。是女鬼索子，你受了惊吓？"

盛七歌淡笑："若是人心无鬼，又有什么可怕的？我累了，你走吧。"

慕容锦夜眼中闪过一丝受伤，执起她的手不放："七歌，对不起。"从什么时候起，她已经不再倚靠他，甚至下意识地把他推拒在心门之外？是从他登基开始？还是从小镇回来之后，便已经注定两人只能是渐行渐远？

这种感觉让他忐忑，让他惶恐，让他时刻处于一种即将失去她的不安之中。

"你哪里对不起我了？"她凝眉反问，心中又何尝不知道两个人的命运早已背道而驰了呢。他们之间横着太多东西，多到她没有勇气去应对，多到她只能不断地把他推开，再推开。

"我……"他想说点什么，却又觉得说什么都是错，是他把她带进太子府，结果翠羽死了；是他将她带进后宫，却依旧没能给她一片净土。或许他从来都是自私的，既给不了所谓的唯一，却又舍不得放下，所幸还有这个孩子，若是没有他，他要如何困住她？

"你没有对不起我，也没有对不起我的孩子，这孩子，跟你没关系。"她依旧漫不经心地喝着茶，淡淡的茶香在口中弥漫，水气模糊了眼睛，湿漉漉的，很难受。

慕容锦夜抿着唇，垂在身侧的手握紧了："七歌，别说傻话。这是皇宫，不是金屋。"

"那又如何？"她抿唇轻笑，"你知道的，我进宫只是为了查害死翠羽的凶手，总有一天我还是会走的。"

"七歌。"慕容锦夜打断她的话，伸手将她禁锢在怀里，滚烫的唇急切地吻住她喋喋不休的嘴。

"滚！"她猛地将他推开，冷冷地看着他，"别碰我！"

"盛七歌。"他像一只被困在她苦心编织的情网里的困兽，越挣扎，越沦陷，"你都跟我进宫了，到底还要怎样？皇后的位置是你的，封后大典和登基大典一同举行，下个月母后生辰，我就宣布立你为后的圣旨。"

她愣愣地看着他，觉得自己好像做了一场梦，那么荒诞不经又再真实不过。她冷笑出声："我不会答应的，除非你不要张沄熙肚子里的孩子，除非废了她，从此后宫只我一人。"

琉璃宫，皇贵妃寝宫。

"啪！"瓷杯落地，发出一阵清脆的声响。

张沄熙一脸愤恨不甘地看着对面的茱萸："那个贱人，这样都吓不死她？"

茱萸抿唇不语，脸色有些苍白。她谨慎地看着张沄熙，心中却在冷笑，想你贵为皇贵妃又如何？还不是一样得不到皇上的半点怜惜？那边盛七歌一传出动了胎气，皇上立马就赶去了，如今皇上为了盛七歌公然在朝堂上打了言官，这意思再明显不过，皇后之位，到最后只怕早是盛七歌的囊中之物。而想到自己，她又无端心寒，回忆起那日盛七歌阴鸷的表情，想到身体里的毒，整个人便如泡在一桶冷水里，浑身都是冰冰的。

"你想什么呢？"张沄熙悄无声息地凑过来，目光如同毒蛇，恶狠狠地缠绕在她身上。

她下意识地退了两步，讷讷道："回……回皇贵妃，臣妾在想，在想下一步要怎么办？听内室官说，皇上已经着人在打造凤袍了，封后的圣旨，怕是要等太后生辰的时候一并宣布吧！"

"啪！"

清脆的巴掌声在空荡荡的大殿里回荡，茱萸捂着脸，难以置信地看着张沄熙。

"怎么？不服吗？"张沄熙扬眉冷笑，"茱萸，你记得，别让我再听到这样的话，只要本宫在一天，那个贱人就别想坐上那个位置。"

茱萸低敛着眉，眼中闪过一丝阴霾，她淡淡地看着对面的女人，唇角勾出一抹冷笑。

转眼到了十月，整个后宫都在为太后的生辰做准备。

满了四个月后，盛七歌的肚子越发明显，远远看去，就跟肚子上顶了个小簸箕一样。期间尹维来看过她两次，并带来一些永州的消息。

永州盛家经过上一次的大劫之后，行事作风有所收敛，暂时主事的是盛七歌本家的一个小叔。

魏恒的眼睛已经痊愈，虽然能视人，但到底还是耽搁了最好的治疗时间，只能分辨黑白，再也看不见其他色彩。可这对他来说总归是好的。

白鹭在尹维府中得了几本孤本，离开时给盛七歌诊了一次脉，偷偷告诉她，腹中是个男孩。

入夜，过了掌灯时分，安阳殿里一灯如豆，慕容锦夜正伏在桌案批改奏折，尹维进来的时候，身上染了一层薄露。

"这么晚怎么来了？"他从桌案前抬起头，目光幽深，波澜不惊，眼底却闪过一丝疲惫。

尹维挑了挑眉，回身合上殿门，笑眯眯地望着他："是来送你份大礼的。"

慕容锦夜不禁莞尔一笑："你能送我什么大礼？"

"可还记得龙景十二年时张栋梁接手的那起赈灾款项贪污案？"

"怎么突然提起这事了？"他缓缓放下了手中朱笔。

"你不是一直想要根除外戚，拔掉张栋梁这根刺吗？"

张家树大根深，又是太后的娘家，张栋梁做事滴水不漏，要想真的抓住他的小辫子并不容易。慕容锦夜未登基前便暗中调查张栋梁，只可惜一直没有找到可以一举扳倒他的证据。

"你查到什么了？"

尹维摇头："不是我。是盛家丫头。"说着，他从怀里掏出一本黄蓝色的封皮册子，"这是盛二要人送来的，你绝对想不到，张栋梁当时是怎么把那六十五万两银子运出淮南的。"

慕容锦夜抿唇不语，伸手接过册子翻开一看，脸色越发阴冷了。

六十五万两白银，张栋梁竟然暗中融成一座大佛，又在外面镀了一层铜，就这么明目张胆地要人借着宣扬佛教的名义运出淮南，真是好计谋。

"盛家丫头是不是查出了什么？当时翠羽的死，明面上是意外，其实谁都知道，那本就是冲着盛家丫头去的，那丫头倔强，这是要把火烧到张家，把人往死里整了。"尹维心中隐隐有些不安。

一边是太后和张家的势力，一边是深爱的女人，他似乎可以理解慕容锦夜的难处。如今张沄熙又怀有身孕，盛家丫头可别做出别的事情来。

两人四目相交，沉默以对，只觉得今晚特别的冷。

太后生辰前两日，平静了多时的长安再次风起云涌，皇上突然要重办龙景十二年的一桩旧案，并且剑指辅国大臣张栋梁。

当一尊高十五米，宽八米的巨大铜佛被运到宣武门外的时候，始终镇定自若的张栋梁突然面如死灰，脸上淡定的表情瞬间瓦解。

慕容锦夜要侍卫剥开铜佛外面的铜衣，整个银佛的真身暴露出来，刺眼的银光几乎照亮了整个宣武门。

张栋梁一下子跌坐在地，目光越过容喙看着那高高在上的人，突然苦笑一声，一口鲜血喷溅出来，殷红的血划过一道惊鸿，染红了银佛的脚。

次日，皇贵妃张沄熙在御书房外整整跪了一夜，慕容锦夜始终闭门不见。

"娘娘，夫人来了信，说老爷……老爷已经被关押在天牢了。"贴身大丫鬟长玉看了眼软榻上的张沄熙，小心翼翼地道。

"是吗？"张沄熙微微扬眉，哭过的眼睛红肿一片。

"长玉。"她微微直起身，目光阴骛地看着窗外的秋雨，心里不由得生出一种怨恨，恨慕容锦夜的冷酷无情，恨盛七歌能得到他的爱，恨自己喜欢上慕容锦夜，更恨自己无力挽救张家。她甚至也恨肚子里的孩子，为什么他不得慕容锦夜的喜爱呢？

修长的指甲深深地抠进肉里，殷红的血顺着指缝溢出，她紧紧地咬着唇，看着长玉追问道："夫人可说了，是什么人查到银佛的秘密的？"慕容锦夜不可能无缘无故地想起龙景十二年的事，银佛之事极为隐秘，当时参与运送的人几乎全部被灭口，没有理由会被查出来。

"夫人说，这事怕是永州盛家插手了。安插在尹府的人说，看见盛府有人去过尹府，之后尹维进宫，没过几天，老爷就……就被抓了。"

又是盛家？张沄熙只觉得心底一阵恶寒，难道盛七歌已经查到翠羽的死与自己有关，所以才报复张家？还是，她想起最近变得安分许多的茱萸，怕是茱萸也已经被盛七歌识破了吧。

　　想着想着，她只觉得浑身发抖，盛七歌啊，盛七歌，你害了我们张家，我又如何容得了你？

　　"小姐？"长玉有些担心地看着她。

　　"长玉，本宫已经没有退路了。"她微敛着眉，目光咄咄，仿佛下了极大的决定。她伸手轻轻拂过已经微微凸起的小腹："孩子，是娘对不起你，可是，如果不除了她，你我在这宫中便永世不得翻身。"

　　太后生辰，由于慕容锦夜尚未正式举行登基大典，所以只在安阳殿设了宴，朝中三品以上的朝臣可携家眷参加。太后喜欢看戏，御花园里搭起了戏台子，戏子登场，唱的是一出沉香救母。

　　慕容锦夜和太后坐在前面，张沄熙坐在慕容锦夜身侧，茱萸称病未来，另一个由通房升上来的妃子坐在张沄熙身侧，再往后是几个前朝的妃子，剩下的便是朝臣和家眷，闹哄哄的，倒也热闹。

　　入了秋，天气转凉，盛七歌又有身孕，便缩着身子坐在一隅悠闲地嗑瓜子。她不喜看戏，总觉得人生本就诸多起伏波澜，再看这种杜撰出来的东西，便越发的没滋没味了。

　　戏唱到哪里她不知道，只觉得咿咿呀呀个没完，这时，便见一个穿着鹅黄色宫服的丫鬟走过来，偷偷在她手里塞了一张字条。

　　是谁给自己递字条呢？她狐疑地看了一眼字条，跟身旁的丫鬟说了声，便借口如厕溜了出去。

出了御花园，夜里的风便越发的冷了，她缩了缩脖子，闪身站到回廊的宫灯下。

昏黄的灯光下是熟悉的字迹。

魏恒竟然也在朝臣之中？她微微诧异，转念一想，倒也情有可原。魏恒眼疾已经痊愈，本就是三品参将，进宫贺寿理所当然。

她将字条收进怀里，凝眉看了眼不远处的玲珑阁，迈步走了过去。

灯光昏黄，那人长身玉立站在回廊之下，于漫天烟火中显得如梦似幻。她有些恍惚地看着他，仿佛一下子又回到了好些年前，嗓子里艰难地发出声音："魏恒。"

背对着她的挺拔背影一僵，魏恒扭过头："七歌！"

她的腹部已经隆起，脸上带着浅浅的笑，颊边的梨涡若隐若现。鹅黄的宫装穿在她身上显得格外娇艳，恍惚中，他好似又看到了年少时的她。

她穿着鹅黄的儒裙，笑靥如花地站在大片大片的夏槿花丛中朝他招手。

然而，时光仿佛是一把无情的刀，在一次次地斩断他们的情丝后，再看彼此，他依旧那样爱着她，而她已经不在原地了。

说不出心里突然涌上来的那股苦涩是为何，他只是愣愣地看着她，恨不能把她深刻在心底。

他说："七歌，我要走了。"

盛七歌微微一愣："回永州？"

"不是。"他低敛着眉，笑容依旧温润，却在她没注意的时候闪过一丝阴霾。慕容锦夜已经准备动手了吗？这个时候把他派到前线去打大启，是逼着他露出马脚，还是要利用他威胁父皇？

其实慕容锦夜早就知道他的身份却不下杀手，甚至想把安南嫁给他，为的不过就是利用他对付父皇，可现在，他似乎没有那么多的耐性了。

她不再问，因为知道每个人都有自己的路要走，既然已经再也没有可能，那么，从今以后他是回大启还是继续留在长安，又与她何干呢？

"祝你一路顺风。"说着，她感觉眼眶还是微微发涩，回想这一年发生的一切，仿佛是经历了一场梦境，梦醒时分，才发现很多人和事物都再也回不到从前了。

魏恒心里跟堵了一块大石头一样难受，他近乎贪婪地看着她，强迫自己抿唇笑笑："你给我送信约我来，就是为了说这句话？"

"我送信给你？"微敛的眉猛地扬起，盛七歌愣愣地看着他，忽而一笑，"魏恒，看来你我今晚都要成为别人眼中的戏子了。"

说着，果然见回廊尽头款款走来两人。

"什么人？"有人轻轻问了一声。昏黄的灯光靠近，持灯的人轻声唤道："盛姑娘。"

"魏恒！"安南走在前面，目光悲痛地看着魏恒。

"原来是皇贵妃和安南公主。"盛七歌脸色微白，扭头看向魏恒。

她虽然不是宫里的妃嫔，可到底身在皇宫，和外臣私下会面，总归是影响不好。想到这里，便对张沄熙做的这个局猜到了几分，只是她为何带安南来，而不是慕容锦夜？

正在她思量的时候，安南已经大步冲过来，扬手就朝她的脸打过来："你这个贱人。"

魏恒伸手拦住她，将盛七歌向身后拉了一下。

"公主。"这时，张沄熙也冲过来拉安南，几个人顿时纠缠在一起。

"你这个贱人，看到魏恒为了你与本宫悔婚，你很满意是不是？是不是？"安南像疯了一样挣脱魏恒，张牙舞爪地继续朝盛七歌扑了过去。

"公主，不要，盛姑娘有身孕。"张沄熙伸手去拉安南。

"走开。"安南扭身猛地一推，张沄熙站立不稳，立即尖叫着向后栽倒。

"啊，好疼。"事情发生得太快，等众人回过神儿的时候，张沄熙已经捂着肚子痛苦地坐在地上，殷红的血顺着她的双腿溢出，晕染了鹅黄的宫装。

这时，安南却安静了下来，她抬起头看着盛七歌，紧抿的唇角挂着一丝诡笑。

盛七歌莫名地觉得脊背一寒，感觉有什么事马上就要发生，而她却无力阻止。

"啊！救命啊，来人啊，皇贵妃娘娘小产了！"安南一把推开魏恒，疯了一样的往御花园跑。

（2）爱别离

绚丽的烟火几乎照亮了整个夜空，带着转瞬即逝的绝美。震耳欲聋的爆破声，惊慌失措的叫喊声，还有那满目的血红，她似乎都看不见，听不见，她静静地站在那里，与他隔着人群相望。她看见他眼中的痛，也看见了无法容忍的愤怒。

可是愤怒什么呢？愤怒张沄熙没了孩子？还是……她不敢想，那一刻身体里仿佛被浇灌了无数滚烫的水银，整个人都僵了，脚步根本无法移动半分。

她想张嘴，想喊他，可是腹部一阵痉挛，小家伙在用脚踢她了，所以她只能忍着疼站在那里，任凭安南手舞足蹈地在他面前告状："盛七歌跟魏恒私会，被我和皇贵妃撞见，发生了争执，盛七歌不甘心，羞愤之下失手把皇贵妃推倒了。"

有时候人就是这样，当你真的置身在风暴之中的时候，你或许才会看得更清晰，哪怕真相来得过于惨烈。

盛七歌无论如何都想不到，张沄熙会拿自己的孩子做局，更无法预计慕容锦夜的反应，但可以预测的是，他们之间，终于可以画下一个句点了。这一刻，她应该是欣慰的，可是眼眶为何涩涩的，为何有温热的液体在眼眶里打转？

"七歌。"温热的手紧紧地握住她的手，可那温度终归不是那个人给的。

她缓缓转身，在魏恒的眼中看到了一丝担忧，冲他摇了摇头："没关系的。"不知为何，魏恒心里依然很不安。他抓着她的手腕不放："你要做什么？"

她抿唇一笑："没什么，只是有些累了。"她猛地挣开他的手，快步走到慕容锦夜面前："不是我。"她淡淡地说，眉眼含笑，整个人沉在暮色里，如同谢幕的烟火，绚丽过后只剩无尽的黑暗和空寂。

慕容锦夜静静地看了她许久，略显苍白的脸上没有丝毫表情。好长时间，他才找到自己的声音："她肚子里怀的，是我的孩子。"

他低头看着地上的血迹，张沄熙已经被送到太医署，可他还是知道，那个他曾经忽略，甚至是憎恨的孩子，现在不复存在了。

他不知道这种痛彻心扉的感觉是因为失去这个孩子，还是因为这个孩子是死在盛七歌的手里，他甚至不知道，他现在该做什么？他只能愣愣地看着她，看着魏恒牵住她的手，看着她走过来。

"那又与我何干？我说了，不是我。"她只是想给两人最后一个机会，一个由他结束的机会。

她目光清澈，不卑不亢，孱弱的身体散发出一种疏离的气息。他曾经是那么想要留住她，可他还是无奈地看着她与自己渐行渐远。这一刻，他突然生出一种疲惫之感，看着她的眼神越发清冷。

"你没有别的要说？你只说不是你，可安南没理由骗我，当时到底发生了什么，你真的，真的和魏恒……""私会"二字，他如何说得出口？

"没有，我没什么要解释的。"她淡淡地回道，双手轻轻覆在隆起的小腹上，"我累了，如果没别的事，我要回去了。"

他的骄傲一点点被她的冷漠击碎，他甚至开始质疑，是不是从一开始，她就没有爱过他？越想越心寒，他觉得这夜色黑沉得可怕。

"盛七歌。"他忍不住提高声音喊道，伸手拉住她冰凉的手，"告诉我，你跟他……"

"是不是私会？"她忽而冷笑，"我说不是，你信不信？"

信？他想要相信的，可是他能信吗？

看出他眼中的犹疑，她失望地摇了摇头，轻轻推开他的手："慕容锦夜，放手吧，让我离开。"

"不。"他惊惶地退了两步，"你怀着我的孩子，还能去哪儿？"

夜，静谧得可怕，只能听见彼此浓重的呼吸声。

"不，他不是你的孩子！"

"啪！"清脆的巴掌声在静谧的夜里回荡，慕容锦夜愣愣地看着自己高高扬起的手。他打了她？

"你哪里也去不得，你害死了张沄熙的孩子，给翠羽报了仇，可那也是我的孩子，是不是我也要报仇，杀了魏恒的孩子？"他双眼赤红，从来没有哪一刻如此失控，如此想要伤害她，让她也尝一尝痛彻心扉的滋味。

他死死地瞪着她，唇角勾出一抹惊心动魄的笑。冷漠，疏离，残忍，还有死水一样的绝望，是谁说，当爱情真的走到绝地的时候，剩下的，也就只是彼此伤害。

盛七歌第一次见慕容锦夜这个样子，却也知道，他与她的爱情走到这一步，其实是料想中的事情。太多的不得已，太多的无法回头，而她能做的，只是给他一个理由更加残忍地伤害自己，唯有这样，她才可以告诉自己，盛七歌，你不可以回头，你已经没有回头的路了。

她直直地望着他，仿佛要把他的样子深深地刻在心底。

"是啊，那是你的孩子，你唯一的孩子。"她迷离地笑着，伸手抚摸凸起的腹部。

月光从回廊间洒下来，在他身上镀上了一层淡淡的薄纱，她想起在小镇上他们成亲的那一晚，想起他灼热的吻，或许如果没有离开小镇，是不是此刻他们便不会在这薄凉的夜里针锋相对，互相伤害呢？

可这世上没有如果，他们的结局早从相遇之初，不，或许是更早的时候就注定了。

"那么，你要杀了我，还是杀了我的孩子？"她扬眉挑衅地看着他，看着他眼中的震惊和悲痛，然后亲手将他推进地狱。

慕容锦夜无法言语，他甚至要用尽全身的力气才能抑制住将她死死抱住的冲动："七歌，别让我失望。"

然后，他只是深深地看了她一眼，吩咐宫人带魏恒离开，便拂袖而去。

这一夜，皇贵妃的宫中人来人往，最后在一声歇斯底里的嘶吼声中归于平静，这一夜，付暖阁里意外地迎来了一个贵客。

盛七歌恍惚地看着窗外冰凉的月色，身后的门被人猛地推开，安南公主惨白着一张脸站在门外。

"盛七歌。"她突然出声，微红的眼眶里蓄满泪水。

"是公主啊！"盛七歌缓缓地转过身，脸上波澜不惊，"我以为公主应该在皇贵妃的宫里呢。"

安南定定地看着她，越来越觉得她可怕，在经历了刚刚那种事情之后，她却没有丝毫的恐惧和惊愕甚至是慌乱，就好像自己和张沄熙那么拼命地表演，在她看来也不过是两只跳梁小丑而已。

她真恨不能撕掉她脸上的笑容，可她却知道自己什么也做不了。

她恨魏恒不肯娶她，她恨盛七歌明明爱着慕容锦夜却又不肯放过魏恒，她以为看着魏恒和盛七歌两个人爱而不得自己会高兴，可当面对魏恒那冷漠的眼神时，她才知道心里有多疼，才知道自己其实只是在糟蹋自己罢了。

"安南公主？"盛七歌冷冷地看着失神的安南，心中隐隐不安。或许今夜注定是个不平凡的晚上，这偌大的宫闱中，注定要埋葬某些爱情。

比如她，比如安南，比如慕容锦夜，比如魏恒。

　　她走到桌边，君山银针的香气微微带着苦涩，她轻轻倒了一杯茶，任由茶香将自己围绕，心里却始终无法平静。

　　"皇上要把魏恒送到西南战场。"安南终于开口，面色却一片灰白，"我知道了魏恒是大启符登的儿子，知道皇上怀疑他，知道皇上已经八百里加急要人通知西南主帅，一旦魏恒进了晋南地界，立即杀无赦。"她红着眼眶一字一句地说，每一句都像是在呕血，心肺俱痛，她没想到会是这样的结局。

　　"什么？"手里的茶盏应声落地，她难以置信地看着安南，"你怎么知道这些？"可她相信这是真的，联想到刚才在玲珑阁外魏恒模棱两可的话，心头瞬间压了一块大石。她一把抓住安南的手："是谁说的？"

　　安南此时已经崩溃，她愣愣地看着盛七歌，忽而凄厉地一笑："刚刚我去皇贵妃宫中，路过假山的时候，听见皇上对尹维这么说的。盛七歌……"她一把抓住她的手臂，如同溺水的人抓住最后一根救命稻草，"你救救魏恒！你去求皇上放了他！救救他，我不想他死！"

　　慕容锦夜要杀魏恒，慕容锦夜要杀魏恒。

　　"盛七歌，你救魏恒，你救魏恒！我会为你澄清。张沄熙的孩子，那孩子本来就是个死胎。"她慌乱地抓着盛七歌的手，她不恨了，不怨了，只要魏恒活着，只要魏恒活着就行。

　　"公主。"她轻轻挣开安南的手，看着窗外清冷的月，"我会救魏恒的，但是，今晚的事，什么也不要说。"如此，也好，一切都该结束，一切都回到原点。

　　半个时辰后，琉璃宫外，盛七歌看着面前厚重的殿门和拦在门前的容喙："你让开，我要见他。"

容喙为难地看着她，道："盛姑娘，您就回去吧，皇上不会见您的。"

"我要见他。"她咬牙看着紧闭的殿门，心却如同死水，再难荡起一丝波澜。

"盛姑娘啊，您这不是为难老奴吗？现在皇贵妃刚刚失了孩子，皇上正在里面陪着呢，您若是进去，岂不是给皇贵妃找不自在？"

容喙朝一旁的小太监使了个眼色，小太监连忙拦在盛七歌身前："盛姑娘，奴才送您回去吧！"

"别碰我！"

盛七歌一把推开小太监，冷眼看着容喙："你让不让开？"

容喙脸一沉："盛姑娘，您还是别为难老奴了。"说着，挥手让另外两个小太监过来，一左一右架住盛七歌的手臂，"盛姑娘，请回付暖阁吧！"

"滚开！"盛七歌抬脚将他踹翻在地，"我要见……"

话音未落，紧闭的殿门被人从里面推开，晦暗的灯光下，慕容锦夜面沉似水地站在门内。他微敛着眉，浑身散发着一股阴郁的气息，他看着盛七歌，紧抿的唇角勾出一抹冷笑："放开她。"

盛七歌甩开两个太监，冲过去一巴掌打在他脸上。

"啪！"

清脆的巴掌声回荡在空旷的殿内。

"皇上！"

"下去！"

"皇上……"

"滚！"

容喙看了看慕容锦夜，又看了看盛七歌，只得转身带着几个太监离开了。

空寂的夜，秋风习习，她凝望着面前的男人，分明曾经那么亲密无间，可此时却已经如此陌生。

"你要说什么？"他顾不得脸上的疼，只是疏离地看着她。或许这是他最后一次给她机会，只要她说，说她爱他，说她再也不见魏恒，说她愿意留在宫中，哪怕是假话，哪怕那孩子真的是魏恒的，他都愿意用尽余生给她一生一世一双人。

"你要杀魏恒？"她淡淡地问，彻底粉碎他的妄想。

心脏瞬间被失望的潮水漫过，他再也无力挣扎："如果你是来为魏恒求情的，那么，你可以走了。"

"放过他。"她拉住他的衣摆。

"盛七歌。"他猛地伸手扣住她的下巴，居高临下地看着她，"别逼我！"说着一把将她甩开，决绝地转身合上殿门。

眼睁睁看着厚重的殿门在眼前合上，她愣愣地看着那一点儿光束在门合上后消失，心，也彻底地凉了，绝望了……

（3）相思如灰

付暖阁的灯亮了整夜，直到黎明时分，一辆马车悄悄出了宣武门，从玄武街一路狂奔，直接出了长安。

"皇上，容喙公公在门外候多时了。"宫女进来通报。

一夜未眠的慕容锦夜微微敛眉："让他进来吧！"

容喙进来的时候，慕容锦夜已经梳洗完毕，脸色微沉："她走了？"

容喙的表情很微妙，凝眉看了眼慕容锦夜，不知道如何开口。

"有话就说。"

"回皇上，宣武门的侍卫说，黎明时分，付暖阁的盛姑娘，出宫了。"

"什么？"慕容锦夜一愣，手里的茶杯落地，整个人从椅子上弹起来，一把揪住容喙的衣襟，"什么意思？她怎么可能出宫？"不，她能的。他颓然放开容喙，身子一个踉跄险些栽倒。

他怎么会想不到呢？是盛二带她离开的。难怪盛二不把金牌还给他，怕是早就有心要将她带出宫。盛二是父皇的人，那么，是不是也代表着，父皇生前就已经料到他会把盛七歌留在宫里，所以盛二进宫的唯一目的，就是帮她离开皇宫？

他怔怔地坐在那里，身体如同突然浸在了冰水之中，整个人都是麻木的。

"皇上！"孱弱的女声幽幽地传来，他微微侧目，映入眼帘的是张沄熙那张苍白如纸的脸。她说："皇上，我们的孩子没了，是不是？"

他淡然地看着面前的女人，伸手将她揽进怀里，薄唇轻轻触了触她的额头："会有的。你还年轻。"

她从他怀里抬起头，讳莫如深地看着他，好长时间才小心翼翼地开口："是臣妾不好，不怪盛姑娘的。"她低敛着眉，神情说不出的悲伤。

慕容锦夜觉得心脏被什么狠狠地撞了一下，疼得无法呼吸，他一遍一遍地告诉自己，如此也好，这深宫到底不是她要的，即便他费尽心力地留住她又能如何呢？

爱不得，恨别离，盛七歌，是不是从今以后，你和我，就真的永世不见？

张沄熙看不透他在想什么，可从刚刚容喙的话中，她知道，盛七歌离开了。说不出是喜是悲，她轻轻抚摸已经平坦的小腹，想起那个还未能出生就离开的孩子，眼泪忍不住婆娑而下。

她有错吗？她只是爱上了一个男人，而这个男人不爱她而已。

彼时，兰若阁里的茱萸收到一封信，付暖阁管事太监送来的信。她挑眉看着那信封，之前盛七歌都是用这种信封装了解药送来，今日还未到时间，怎么就送来了？

她狐疑地打开信封，里面掉出来的并非解药，而是一张染了杏花香气的娟纸，上面用朱笔写了几行娟秀的小字。

毒药非毒药，解药非解药，一去御膳房，一钱锅底灰，一两槐花蜜。

娟纸飘落，茱萸猛地站起身："去御膳房。"

茱萸带着一众丫鬟浩浩荡荡去了御膳房，仔细一打听，果然，此前盛七歌曾经来御膳房讨过锅底灰和槐花蜜，还要厨娘做成药丸形状，说是宫里有蚂蚁，用这东西引出来烧了。

引蚂蚁？

茱萸低头看了一眼手里的信笺，忍不住苦笑出声。没想到，她竟然被盛七歌给耍了。

从长安到西南途径两省，往返要一个月。马车出了长安城一路往西南行进，盛七歌身子重，盛二只能放缓速度，这样便和已经先一步启程的军队拉开了一段距离。

到了十二月初，盛七歌的马车才慢悠悠地赶到了西南通城，彼时，通城已经下过第一场雪。进了通城大营，盛七歌才从主将的口中得知，慕容锦夜派来的三万援军和魏恒在距离通城三十里的地方被敌军埋伏，三万援军折损一半，魏恒离奇失踪。

彼时，盛七歌正站在城楼上向远处眺望，紧抿的唇角勾出一抹清浅的弧线。

冷风肆无忌惮地吹在她脸上，不过一盏茶的工夫，本来白皙的脸就微微发红。她伸手拢了拢肩头的狐裘，目光朝城下望去，一望无际的雪原上，无数的红顶帐篷密密麻麻地将整个通城围住了。

她本以为只要追上魏恒，提醒他离开通城便可以保他一条性命，却没想到事情并非她想的那么简单。

魏恒最终还是转投了大启的怀抱，联合符登在通城三十里外的凤凰岭袭击了后齐援军和粮草。

她和盛二到达通城的第二天，符登率三十万大军压境，准备困死通城的五万守军。

"你猜，通城会不会失守？"盛二上了城楼，笑眯眯地顺着她的视线看向城下的几十万大军营寨。

"谁知道呢？"她抿了抿唇，转身下了城楼。

入了夜，西南的天气要比白天冷上几分，盛七歌的身子越发笨重了，打发了伺候的丫鬟离去，径自和衣而卧。

窗外的雪花敲打着窗棂，恍惚中想起长安城里的那个人，不知道他此时在做什么，是跟妃嫔琴瑟和鸣，抑或是对她有一丝想念？

她忍不住苦笑，笑自己明明决定离开，却仍旧无法彻底放手。

突然，窗外传来一阵细碎的脚步声，她猛地睁开眼，一道黑影已经灵巧地破窗而入。

她屏息凝神看着，一手护住肚子，一手悄悄从枕下拽住一把短刀。

"是我。"黑影靠近，出声。清冷的月光下，魏恒面色阴沉地站在窗前。

"魏恒！"她暗暗松了口气，将手从枕下拿出来，"你怎么来了？"

魏恒长长地叹了口气："是你为什么来了才对？"

面对他的质问，她抿唇一笑，总不好说是为了救你吧！

"听说西南的雪好看，就来看看。"说着，她伸手拂过隆起的腹部，脸上带着一种少有的温柔。

魏恒怔怔地看着她，心里突然被什么撞了一下，他伸手替她拢了拢肩头的碎发，眼中深情不退："七歌，跟我走吧！"

"去哪里？"她抿唇苦笑，"魏恒，以后别再来了。"

"七歌。"

"你走吧，一会儿巡查的侍卫来了，你便走不了了。"说着，她伸手去推他，却被他一把扣住手腕，另一只手闪电般击向她的后颈。

"魏恒，你……"

长安，付暖阁。

"皇上，这都三更了，您还是回安阳殿吧，这付暖阁空置了这么久，又没炭火，伤了龙体可怎么得了？"容喙小心翼翼地看着慕容锦夜，不过一个多月的时间，皇上竟然消瘦了许多，整个人都跟从冰窟窿里拎出来的一样，浑身散发着一股疏离的寒气。

他是个半残的人，不知道这世间男男女女的情事，可他看得出来，皇上爱盛七歌，可这深宫后院最容不得的，就是爱情。

再美好的东西在永无止境的猜疑和争斗中，都会慢慢凋零。

"你先回去吧，朕再坐一会儿。"手里的茶已经凉了，可他依旧不愿放下。这个时候，不知道她在西南做什么，是不是见了魏恒，肚子里的孩子是不是健康。

想着想着，便忍不住痴痴地笑。从来没有哪一刻像此时一样清醒，清醒地知道自己有多爱她，清醒地知道自己的心有多疼。

只要得闲，他就分分秒秒地守在付暖阁，偶尔会梦见她披着一身嫁衣来见他，偶尔会梦见她初见时刁钻狡黠的模样，偶尔也会梦见她离开时决绝的模样，可是为什么，每次的梦中都只有她？那他呢？是不是连梦中，他们都无法在一起？

他赶走了容喙，空荡荡的大殿里仿佛还回荡着她昔日的笑声，可是到底是没有了，离开了。

"我就知道你在这里。"尹维的声音从殿门口传来，他穿了一身墨色长

袍，眉眼间多了一丝沧桑。

他匆匆走过去："你怎么还在消沉？现在大启三十万大军压境，送到通城的粮草半路被劫，用不了一个月，通城必破，到时候符登长驱直入，长安不保。"

慕容锦夜拿杯的手微微一顿，缓缓地抬起头："尹维。"

"怎么了？"

"我想她了。"他忽而自嘲一笑，站起身，踉跄一下，身子一歪，一头栽进了一旁厚实的雪地里。

冰冷的雪包裹着他的身体，仿佛一点点冻结了他的血液。

尹维冲过去一把将他从地上拉起来："想她了，就去见她。"

"她不会见我的。"他笑，笑意却未达眼底。

尹维静默不语，挨着他站在皑皑白雪之中。

"尹维。"他突然出声，身体微微挺直，目光幽幽地看着遥远的西南方向，"我打算御驾亲征。此次与符登交战，如果我能活着回来，便再也不会对她放手了。"

有些人总是要失去了才知道珍惜，他也曾以为自己可以就此放开，可到最后被思念蚀骨的只有他。

原来爱一个人会这么痛，原来爱而不得是这么苦，原来他自以为可以洒脱地放开，却不知，被困住的从来都只是他。

七歌啊，如果有来世，愿你我永世不要再见，可今生，我又如何能放得下？

第十一章
CHAPTER
11

山水永隔

（1）山重水复

盛七歌做了一个噩梦，梦醒，才发现自己已然身在大启的营帐之中。

"醒了？"背着光，魏恒站在床头。这是她第一次见他穿甲胄的样子，英气逼人，顶天立地，只可惜，他穿的是大启的甲胄。

"为什么抓我来？"她轻轻抿了一下唇，目光中无波无澜，却比任何情绪都让人觉得心惊。

他宁愿她怒骂，哭喊，或是打他一巴掌也好过这样不轻不重地问一句，好比他什么也不是，不是魏哥哥，不是魏恒，也不是她爱或爱她的人。

"吃饭吧。"他把粥碗放在她手中，伸手撩开她鬓角凌乱的发丝。

"我说，为什么抓我来？拿我威胁慕容锦夜吗？"她抿唇冷笑，一把摔了粥碗，"魏恒，我从没想过，有一天你真的会帮着大启攻打你效忠了那么多年的国家。"或许她从没看清过他，正如他看不透自己一样。

岁月这把刻刀，总是会不知不觉地把你雕刻成不同的样子，谁也不会永远停在原地不变，比如她，比如魏恒。

她每天都安静地吃粥，然后安静地坐在营帐里，一坐一整天。

魏恒很忙，就像以前他在安定一样，只是每个晚上都会来陪她坐坐，什么也不说，就静静地相对而坐。也不知道从什么时候起，两人已经到了无话可说的地步。

通城被围困了五日，她不知道城里的情况，也无从猜测此时慕容锦夜的想法。

"七歌。"魏恒一进门，便见她正坐在毛毡铺着的床榻上摆弄针线，腿边放着一件做好的小儿罩衣。

她微微扬起眉，手中的针扎进指肚。

"怎么这么不小心？"说着，他冲过去一把拉住她的手，张口将她的指尖含入口中。

温热的舌尖轻舔她的指肚，盛七歌身体猛地一僵，连忙抽回手："没事。"

他低敛着眉，怔怔地看着空落落的掌心，仿佛有什么重要的东西正一点点地从他的生命中抽离。

"慕容锦夜要来西南了，御驾亲征。"他淡淡地说，目光却紧紧地盯着她脸，注意着上面细微的表情变化。

手里的针落了地，努力维持的平静在这一瞬间破碎，她愣愣地看着他，眼眶微微发红。御驾亲征，慕容锦夜这是要做什么？

"你为他担心了？"魏恒猛地站起来，居高临下地望着她，心里仿佛堵了一块巨石，压得他无法呼吸。

明明愤怒嫉妒不已，他很好奇自己怎么还能如此平静地坐在这里？看着她爱着别人，看着她为别人生下孩子，魏恒，你就真的甘心？他扪心自问，只觉得胸口阵阵绞疼。

"呵呵，你怎么会不担心呢？你那么爱他？"他突然冷笑，一把抓住她

的手将她从床上提起来，"如果我杀了他，你是不是就会忘记他了？"

"你疯了？"她扬眉看他，一下子觉得他好陌生，这满眼杀气的男人，真的是她曾经认识的那个魏恒吗？

"我是被你逼疯的！"他中了名为盛七歌的毒，见血封喉，永无解药。

"你走吧，我想静一静。"她皱着眉，双手轻轻捧着隆起的腹部。

"怎么了？"注意到她瞬间惨白的脸色，魏恒连忙将她放在床榻上，"怎么了？"

她没有出声，感觉腹部剧烈地抽疼，有液体从下腹汩汩流出。

"七歌，你别吓我！"魏恒吓得脸色微白，一低头，看见她的双腿间溢出缕缕血红，"七歌，你……你流血了！"

什么？

她听不懂，傻傻地低头看了一眼，好一会儿才缓过气来说道："魏恒，我……羊水破了，要生了。"

这一夜，西南大启大营里灯火通明，一声声歇斯底里的尖叫连对面城墙上的后齐士兵都可以听得见。

直到第二日凌晨，大启大营才安静下来，取而代之的是一声声娃娃稚嫩的哭喊。

"生了，生了，是个男孩，虽然不足月，但是小家伙很壮实。恭喜将军！"稳婆笑眯眯地把襁褓里的小家伙放到魏恒手里，"将军你看，跟你多像啊！"

魏恒抱着孩子的手一僵，低头一看，小家伙脸上还带着胎衣，皱巴巴的，挺难看的。

"她怎么样？"他担心地问道。

"母子平安，待会儿将军就可以去看夫人了。"说着，稳婆再次转身进了营帐。

魏恒看着怀里的孩子，心里莫名地涌上一股暖流，那么小，那么可爱的一个生命，仿佛一下子就征服了他。他抱着孩子，在寒风中扯出了一个笑容，慕容锦夜，你永远都不会知道，你错过了什么……

过了晌午，盛七歌一醒来就吵着要看孩子。魏恒抱着孩子进来时，她正缩在棉被里，整个人显得格外孱弱可怜。

她微微红着眼眶，难以置信地看着他怀里的孩子，好半天才吐出一句："好丑。"

魏恒轻笑出声，把孩子放到她怀里："要不要起个名字？"

她低头看了看怀里的孩子，心里突然涌上一股说不出的感动，这是她和慕容锦夜的孩子。

微凉的指尖轻轻扫过他的眉眼："思君吧，盛思君。"她淡笑出声，目光温润，仰起头的时候，眼泪从眼眶里汩汩滚出。

魏恒脸色微白，胸口仿佛被什么狠狠地撞击着，他背过身，目光阴鸷地看着大帐外黑压压的天。

思君，思君，她这是在思念慕容锦夜吗？盛思君，是要连梦里都在思念他吗？

半个月后。

慕容锦夜亲率四十万大军兵临通城。

221

"想什么呢？"尹维拉开帐篷走进来，一股淡淡的茶香随之扑鼻而来。

君山银针？

不知何时起，慕容锦夜似乎再也不喝别的茶了。尹维凝眉看着对面桌案后的男人，自从盛七歌离开之后，他就甚少在他脸上看到过笑容了。

"与通城的主将联系上了，盛家丫头半个月前被人劫走，前几天，大启的大营里传出消息，魏恒喜得贵子。"他一边说，一边观察着他的表情。

握杯的手抖了抖，滚烫的茶水溢出来，把细白的皮肤烫得通红一片。

"是吗？"慕容锦夜微微敛着眉，目光幽深地看着帐外漆黑的夜色，心中说不出是痛还是恨。他只想见见她，告诉她，只要她肯跟他走，哪怕肃清后宫又如何？可是，还有这个机会吗？他不敢去想，一想心就疼。可他又不敢不想，不想，心更疼。

她说孩子是魏恒的，他不信，可魏恒永远是横在他们之间的一条鸿沟，如果他跨不过去，她就不会真的属于他。

尹维叹息地看了他一眼，转身悄悄出了大帐。

慕容锦夜大军压境，符登在安定之战时亦是元气大伤，虽然此次集结了三十万大军，却终归良莠不齐，乃是强弩之末。

后齐大军不出半月便攻破符登的包围圈进入通城，与通城大军会合。

过了年关，到了次年三月，符登大军连连败退，四月时，符登大军彻底被打散，慕容锦夜亲自披甲上阵，带兵直追到滇南。

逃窜的大启军队被冲散，魏恒带着一部分残余部队逃到滇南，四月中旬，慕容锦夜带兵将魏恒这支残余部队困在了龙脊山。

龙脊山地势险峻，两面断崖，慕容锦夜带人进山十日，才将魏恒逼至龙脊一处山崖边。

寒风裹着大团大团的雪花从四面八方吹来，龙脊崖上人潮涌动，鲜血的气息浓郁，几乎一张口都能吸进一口混合着血气的冷风。

魏恒的一小部分残余部队被逼到山崖，盛七歌随着这支残部困守在崖上。后齐的军队黑压压一片把整座山包围了，突围几乎是不可能的。

魏恒受了伤，手下的两个千户已经杀红了眼，要不是魏恒极力控制，很可能早就拿她们母子作为要挟去找慕容锦夜谈判了。

风很冷，她站在崖顶，冷风把脸吹得冰冷而麻木。奶妈抱着思君站在她身后，那么小的孩子，还不知道自己即将或者是已经面临杀戮。

她凝眉看着山下匍匐上来的后齐士兵，那其中，一身明黄甲胄的人正是她所爱的人。她多想投奔他的怀抱，埋进他的胸膛，无须理会世间纷扰，一切自有他来担当。可那只不过是一种妄想，他与她，从一开始就注定了这样的结局。

"夫人，咱们回去吧，这里风大。"奶妈劝道，怀里的孩子还在睡，似乎感觉不到这剑拔弩张的危险气息。

她扭过头，不远处的人群里传来一阵争吵之声，她心中隐隐生出一丝不安的感觉。

"来人，把她给我抓起来，她是慕容锦夜的女人，那孽障是慕容锦夜的孩子。有了他们，我们就可以活着了。"

不知道什么人大喊了一声，几个大启士兵便冲了过来，二话不说抓住盛七歌，其中一个王姓千户一把抢过奶妈怀里的孩子，目露凶光地看着盛七歌："我知道你是慕容锦夜的女人，我哥哥曾在长安经商，从军前我在长安住了几

年，永州盛七歌谁人不知？还差一点儿做了皇后。现在你在我们手里，不信慕容锦夜真的会舍得看着你去死。"说着，他指使一个马姓千户用刀架在她的脖子上，将她带到崖边。

烈风吹得脸颊发疼，她漠然地看着人群中面如死灰的魏恒。

他亦紧张地看着她，却无能为力，穷途末路，这群残部已经不是他能控制得了的。此刻他心里已经不能再用疼痛来形容，他将她带来，却不能保她周全。他张了张嘴，却只能咳出一口血，被几个士兵压在地上，刀锋就近在眼前。

从来没有哪一刻，他如此希望慕容锦夜到来，希望慕容锦夜能救下他们母子。

时间过得很快，不过一炷香的时间，后齐的大军已经攻上龙脊崖。

寒风裹面，风雪乱眼，慕容锦夜身披金甲，就如同传说中的战神一样傲然立在人群正中央，然而他的目光中并没有这些残余部队，没有魏恒，没有风雪，他就那么静静地，静静地望着崖边那一抹消瘦的身影。

"七歌！"他张了张嘴，连他自己都没发现，声音竟然带着一丝颤抖。

他近乎贪婪地看着她，一别多日，她瘦了，憔悴了，苍白的脸上没有一丝血色，就那么与他遥遥相望，仿佛隔了整个天涯。

他的目光微微一偏，看到王千户手中的襁褓，心脏在刹那间停止了跳动，他甚至忘记了呼吸。那是自己的孩子？他不敢确定，心情却忐忑得不能自抑。

"放了她们。"他冷冷地看着对面的人群，微眯的眼睛里带着一种王者的孤傲，浑身上下透着一种沉沉的气息。没有人可以伤害她，他不允许！

"别过来！慕容锦夜，你要是敢过来，我就杀了她！"王千户手中的弯刀横在盛七歌的脖子上，微微使力，便在她白皙的脖子上留下了一道血痕。

"你要什么？"慕容锦夜紧抿着唇，目光落到王千户身上。

王千户的手在微微发抖，可他只能强作镇定，否则，下一刻他可能就死了。他把手里的刀又向下轻轻压了几分，咬牙切齿道："退兵！"

慕容锦夜凤眸微敛，移开目光看着盛七歌："别怕。我会救你的。"

盛七歌看着对面的人，艰难地努努嘴："救思君。"

思君？

思君，思君，她可是在思念他？如果不是，何必给孩子起名思君？

一时间，一股淡淡的幸福感萦绕心头，他重重地点了点头。

魏恒沉默地看着四目相交的二人，胸口的伤隐隐作痛，却不及心疼的万分之一。

"退兵，不退兵，我就杀了她，然后把孩子扔下去！"王千户冷笑着看着慕容锦夜，伸手把盛七歌又往崖边逼退了几步。

崖边的积雪被踩落，噼噼啪啪滚下山涧，慕容锦夜惊恐地大喊："不要！"

皑皑白雪中，他看不清她的面容，看不见她眼底的决绝。

时间似乎静止了，他们隔着人群遥望，却仿佛隔着千山万水，再也无法到达彼此身边。

终于，他缓缓地转过身，深邃的眸子死死地看着半空的某一点，朝尹维道："尹维，退兵。"

如果得了天下失了她，他该怎么办？

为了她，哪怕做一个千古罪人又如何？

"皇上。"尹维难以置信地看着他，"不可啊！"

"我说退兵！"他冷冷地看着尹维，紧抿的薄唇拉成一条直线。

尹维目光灼灼地迎视他的眼睛，忽而一笑，闪电般出手，抢过身后侍卫手里的弓箭，弯弓搭箭，不过是瞬间的事，羽灵箭带着一股势如破竹的杀气离弦，直直地朝崖边的盛七歌射去。

"不要！"慕容锦夜眦目欲裂，看着那羽灵箭穿透盛七歌的肩胛骨，鲜血瞬间染红了他的眼。

"尹维！你疯了！"他大喊着朝尹维扑过去，而尹维已经闪电般放出第二箭。

风雪掩埋了箭矢离弦的声音，在此起彼伏的惊呼声中，飞溅的血染红了山巅的雪，马千户在中箭的一瞬间，将手里的襁褓扔下了龙脊崖。

"思君！"

空旷的山洞回荡着盛七歌撕心裂肺的喊声，她疯了一样推开自己身前的王千户，顾不得刀锋在她颈间留下的刺痛，跟着飞身跃下了山崖。

那一抹鹅黄仿佛是飞舞的彩蝶，美得那么触目惊心，却又转瞬即逝。

"七歌！"

山崖上回荡着慕容锦夜歇斯底里的嘶吼，如同失了幼崽的受伤野兽。

（2）梦里红妆

慕容锦夜做了一个梦，他梦见盛七歌，梦见他们的孩子思君，梦见那一片一望无际的麦田。

她穿着初见时的衣衫，梳着俏丽的发髻，怀中抱着思君，神情温柔地站在稻浪间。

"七歌。"他笑着朝她张开手臂，"来我这里。"

她踏着麦浪，笑声被风扬在空中，如同一只飞舞的蝴蝶，张开艳丽的翅膀扑向他。可是，当他看着她近在眼前的容颜时，伸出手却始终无法触及。

"慕容锦夜，我不想死。"她突然开口，血色在她眼底蔓延开来，"慕容锦夜，救我。"

"七歌。"他猛地睁开眼，入目的是皑皑不见尽头的白雪和远处不息的火光。

怀里空落落的，没有七歌，没有思君。

"皇上，您回去吧，已经一个月了。"负责搜索的将领担忧地看着面色苍白如纸的慕容锦夜。

已经一个月了，慕容锦夜几乎是不眠不休地跟着他们在崖底搜救，可是除了破败的衣衫，他们什么也没有找到。

然而或许，没有找到对他来说才是最好的。

"还没有消息？"慕容锦夜晃了晃发沉的脑袋，站起身，一阵眩晕感袭来，眼前一黑，他再次陷入昏迷。

"皇上！"

"皇上！"

耳边是纷乱的脚步声，他想睁开眼，继续找七歌，可他动不了，被冻伤的脚已经麻木得没有一丝知觉。

七歌，能不能别走，能不能不要丢下我？

他恍惚地想着，却睁不开眼，动不了，他只知道，那个人不见了，再也看不见了。一股巨大的悲痛排山倒海而来，将他重重拍打在名为悲痛的礁石上，再也无力挣扎。

如果这是一场噩梦，他希望能快一点儿醒来，醒来了，才能再看到她，才能再一次紧紧地将她抱在怀里。

可是好累，真的好累。

恍惚中，他好像看到了七歌，恍惚中，又好像不是。他不知道自己是怎么了，他动不了，耳边总是传来嗡嗡的说话声，陌生的，熟悉的。

他想睁开眼，可是冥冥之中总有一个声音在告诉他，慕容锦夜，睡吧，睡了就能看到七歌了……

后齐大军在西南滞留了一个月，却依旧没有找到盛七歌的下落，期间慕容锦夜三次因不眠不休而昏倒，最后被尹维押送回长安。

回到长安后，慕容锦夜一病不起，缠绵病榻整整一个月。

"皇上，该吃药了。"容喙走近了，才发现他又坐在院子里发呆。

慕容锦夜缓缓回身，眉头微微扬起："西南有消息了吗？"

容喙的脸色微白："没有，找遍了，也没有找到盛姑娘和魏恒的尸体。"

是吗？没有找到，是不是就意味着他们还活着？他不敢深想，哪怕只是一种妄想，他也不敢去想她已经与他天人永隔。

那日她为救孩子跳崖，魏恒随后也跟着跳了下去，他却只能眼睁睁地看着。

他恨尹维，如果不是尹维的那一箭，孩子不会被扔下崖底；如果不是尹维那一箭，一切都会不一样。他该杀了尹维，可他知道，如果不是尹维，四十万大军退兵，符登残存势力不灭，大启便永远不会灭亡，魏恒将是后齐最大的威胁。

他保得了江山，却保不住自己的妻儿。

"皇上？"容喙又唤了一声。自从西南战事结束之后，皇上便时常兀自一个人来付暖阁发呆，有时候一坐便是一天。

皇贵妃和太后不知来劝过几次，却都被皇上赶了出来。

"去传旨，把尹维放了吧！"他长长叹了一口气，打发走容喙，偌大的宫殿里便又静悄悄的只剩下他一个人了。

耳边仿佛还听得见她的笑声，眼前仿佛还看得见她说话时微微翘起的唇角，思念如潮，却永不复见，七歌，你真的要这么残忍？

虚掩的殿门被人轻轻推开，来人背着光，看不清面容。

"谁？"

"盛二。"

慕容锦夜猛地抬头，赤红的眼睛死死地盯着他："你来干什么？你不是已经带走她了吗？"他冷冷地笑，一把抽出挂在墙上的宝剑，"若非你，她又如何出得了皇宫？又怎么会跌落山崖？"

盛二微沉着脸："我来，不过是来还东西罢了。"他微微扬手，一块金牌重重地砸在他脚边，"我的约定已经兑现，从此，再也没有盛二这个人了。"

说完，他伸手从怀里掏出一只巴掌大的锦盒。他将锦盒打开，里面是一

块翡翠印玺："这是盛七歌到通城之后交给我的，她把这东西留给你，这是掌管盛家的印玺，里面还有一张藏宝图，盛家百年世家，所有的积蓄全都在里面，她也一并留给你了。并且，她也要我带给你一句话——希望永不相见。"说完，他把锦盒轻轻放在地上，转身如来时一般离去。

"等等！"慕容锦夜冲过去一把拉住他的手臂，"她没死对不对？她还活着对不对？她在哪里？你一定见过她，她生辰未过，你说过保她二十岁无恙，她还活着对不对？"

盛二的身子一顿，缓缓地转过身："她不会见你的。"

她果然没有死？

铺天盖地的惊喜漫过心头，回过神儿的时候，慕容锦夜已激动得泪流满面："她在哪里？"

盛二摇了摇头："不知道。"

"你不说？"

"是真的不知道。"

他颓然地看着盛二，突然间觉得整个身体如同浸在冰桶里，冷得直发抖。她不见他，不见他，不见他！

盛二看着他失魂落魄的样子，忍不住叹了一口气："就算见了又如何呢？你们之间的问题太多，多得她无法也没勇气克服。"

"她没勇气，我可以。只要她回来。"只要她回来，只要……他不敢想下去，他只想见见她。他们的爱已经太沉重，沉重到她已经没有力气再爱了吗？

"不，你什么也做不到。当她难过时，你不能在身边；当她需要你的时候，你为的是家国大业；翠羽的死是她心里的结，可你无法给她解开；她在大启大营生思君的时候难产，差点连命都丢了，可你也不在。你只看得见她坚强、冷漠或是聪慧的一面，却从没想过，她不过是个女人，她想要你的爱，也曾真的鼓起勇气给过你机会，她进宫，不光是为了给翠羽报仇，也是在逼着自己适应。可是她那样傲气的人，不屑于跟别人争夺所谓的荣宠。你说你可以为她做一切，可你扪心自问，你到底为她做了什么？翠羽是替她死的，付暖阁闹鬼是张沄熙借茉萸的手做的，张沄熙小产，只要你细细地查，不会查不出原因，是你不想查，还是你不愿查？"顿了顿，盛二惆怅地继续解释道，"张沄熙肚子里的孩子不是她害死的，可她不想解释，因为你的犹豫，你的不信任。她说她累了，她不想再爱你了。"他说到这里再次打住，目光讳莫如深地看着他，"有些人，天生注定有缘无分，她不希望你找她，你找到了又能如何？再一次把她绑进宫中？"

慕容锦夜怔怔地看着他，那些话犹在在耳际。是啊，他又为她做了什么呢？他从不知她为了他真的努力过。可他呢？他让别人有了自己的孩子，把她带进宫里，却因为嫉妒而不闻不问，甚至还冷漠地指责她和魏恒。他自以为爱得深，却从没想过，这些都不是她要的。

她要的平凡他给不了，他似乎除了伤痛没有给予她任何东西。

这一刻，他万念俱灰，甚至连反驳的话都说不出。

盛二长长叹了一口气，伸手拍拍他的肩，便悄无声息地离开了。

今年长安的雪下得特别大，慕容锦夜静静地站在付暖阁的院子里，身上落了厚厚的一层雪。容喙在一旁看着心疼，却又无能为力。已经三天了，皇上

不眠不休地站在付暖阁的院子里，谁也劝不得，谁也拉不动。

他自小入宫，见惯了这宫里的龌龊事，也见过长情的人，却没见过皇上这样自虐的。昨日西南那边传来了消息，说是查到了些线索，他以为皇上此次必然会把盛姑娘接回来，没想到皇上竟然连看也不看便把信笺撕得粉碎。

他不懂，既然爱着，又为何不接回来呢？说是彻底忘情了，却又偷偷把撕碎了的纸屑一块块捡起拼凑起来，他不懂，或许一辈子也不懂。

"皇上？咱回去吧，龙体要紧。"他轻声劝道。

慕容锦夜只微微掀了掀眼皮，俊美的脸仿佛一夕间苍老了十岁，不是似真似幻的人，不是高高在上的帝王，此时的他也只是一个爱而不得的可怜人罢了。

他缓缓伸出手接住飘落的雪花。冰凉的触感让他忍不住轻颤，他又想起那一天在龙脊崖上也下着这么大的雪，想起她翩然跳崖的样子。

"咳咳。"

"皇上！"

"别过来！"他断喝一声，一张口，一口鲜血喷出来。殷红的血染红了素白的雪，如同点点红梅点缀，那么触目惊心。

容喙吓得脸色惨白："皇上。"

"朕没事。"他摆了摆手，一个踉跄，仰面栽倒在厚厚的白雪中。

天空雾蒙蒙的，他愣愣地看着大团大团的雪花从空中洒下来，覆盖了他的身，覆盖了他的眼，他多想就此长埋在这厚雪之中，这样便不会思念，不会疼。

七歌啊！你说你要自由，现在我给你了，然而你可曾知道，我的心，却再也无法完整了？

"皇上。来人，来人，快宣太医。"

他听见慌乱的脚步声，听见容喙尖锐的声音，可他不想动，他只想躺在这里，或许只有付暖阁里，才留有她微弱的气息。

后记

第二年，尹维率部全歼大启余孽，同年，慕容锦夜于长安正式举行登基大典，史称恒文帝。

自从大启覆灭之后，永州运河上的货运商船越来越多，其中有三分之二的船运生意被盛家垄断。

"爷，前面就是永州码头了。"穿着灰布长衫的老者低眉顺眼地看着面前的年轻男子，抬手指了指对岸上人潮涌动的码头，一边吩咐船老大靠岸，一边执起把花伞撑在男子头顶。

江南的雨总是这么细密，以前如此，现在依旧。

这时，岸上传来一阵船工的吆喝声，十几艘货船驶出港口。慕容锦夜仰头看去，那岸上的茶寮依旧，小二正忙碌地穿梭在几张木桌之间。

船缓缓靠岸，他站在甲板上，河岸上的风带着些许凉意。恍惚中好似又回到了初见她时，他也是站在甲板上，她安静地坐在茶寮的一隅，也许便是那一次的四目相对，从此注定了两人剪不断理还乱的爱恨痴缠。

他重重地咳了几声，口中尝到了血腥的味道。自从那日在付暖阁病倒之后，他便落下了咯血的毛病，身子越发的不如从前了。

这一年，他曾经无数次地想过来找她，终是下定决心不顾一切来了。

"爷，上岸吧！"容喙顺着他的目光看去，这时，茶寮里走出一名穿着鹅黄色儒裙的女子，她梳着妇人发鬓，怀里抱着一个不到一岁的孩子，那孩子手里拿着只拨浪鼓，笑声很是清亮。

他感觉到身旁的人又重重地咳了几声，扭头看去，慕容锦夜已经赤红了双目，修长的身体微微发抖，整个人显得格外孤寂。

七歌！

他在心底轻喊她的名字，目光灼灼地看着魏恒跛脚从茶寮里走过去，伸手接过她怀里的孩子，他听不见他们说什么，只觉得胸臆间有什么再也无法压抑，他猛地转身，泪水从眼眶滚出，落入水中，与这滚滚运河之水一同远去。

"爷。"容喙担忧地看着他，"咱们，可还是要去看看盛姑娘？"

他突然觉得情怯了，在他那样让她失望之后，他可还有脸见她？当她落崖时，魏恒毫不犹豫地跟着跳了下去，可他呢？什么都不能做，只能眼睁睁地看着她一点点地消失在眼前。也许，他对她的爱，还不如魏恒的来得珍贵。所以，这一生，他剩下能做的，便是如她所愿做个好皇帝，给她想要的自由，至少在他有生之年，不让她再尝战乱之苦。

他艰难地转过身，她已经离开茶寮，那抹纤细的背影依旧挺直，他却再也不能从背后拥住她。

七歌，回头，请回头再看看我。他在心底不断地呐喊，喉咙里血气翻滚，却终是没有勇气，直到她的背影彻底消失在视线里，他才一个踉跄跌坐在甲板上。

"皇上。"

"没事，告诉船老大，不用靠岸了，我们回转吧！"最后留恋地看了那茶寮一眼，他仰头忍住泪，强迫自己不再看过去。

七歌，这是我最后一次见你，此后年复一年，我便只能靠着回忆去想你。是谁说，这世上最不能抵抗的是命运。命运让我遇见你，爱上你，却又丢了你，我们在错的时间遇上对的人，以为可以厮守一生，却也抵不过命运弄人。

船缓缓驶离岸口，那茶香仿佛还在，那人已经远去。

耳边还是船工高亢的号子声，只是，终此一生，他却再也见不到心心念念的那个人了。

此后第十年，恒文帝慕容锦夜在攻打幽州途中病逝，终其一生未再见过盛七歌，但有野史称，每年春，朝廷都会收到永州送来的大批金银，送银子的负责人称，他家掌柜的姓盛，名思君。

直到慕容锦夜离世，一生未见过盛思君，而盛七歌和魏恒终其一生，亦未再踏入长安半步。

GLOBAL EVOLUTION

全球進化

—— 疯狂游乐场 ——

 | 2 |  | 4 | 5 |  | 7

红雾降临了，小伙伴们跟我一起来冒险吧！

哈哈！刘畅帮你打退了大老鼠，前进一格。

啊呀！大柳树来了，大家快逃命啊！后退四格。

| 8 |

获得弓弩一支，再也没人说我是战斗力负五的渣滓啦！前进一格。

小美女冀静缠上你了，好开心！前进一格。

| 9 |

16 |  | 14 | 13 | 12 |  | 10

17

汪汪！狗狗当道，不许过来！后退一格。

呱呱！大青蛙饿了，它把你当成虫子啦，快逃呀！后退两格。

小伙伴们走进了一片丛林里，阴森森的，好恐怖啊！后退一格。

19 | 20 | 21 |  | 23 | 24 |

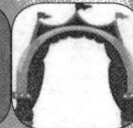

老友记
FRIENDS

我的青梅竹马，就是这么**可爱**

主持人： 当当当！"我的青梅竹马，就是这么可爱"活动终于如火如荼地展开啦！（读者：这是什么鬼活动……）这个活动我们请到了三对非常具有代表性的青梅竹马，那就是《好想轻轻喜欢你》的田藤and任青，《若我不曾忘记你》的韩震and叶晴，《世界尽头等到你》的江宸and乔萝。嗯？什么？秀恩爱？不不不！相亲相爱太老土，相爱相斗才好玩啊……现在我们请出青梅派的三位，任青、叶晴、乔萝，请说一个关于你们竹马的羞耻小秘密。

青梅派：

★ **任青（揪衣角）：** 我没参加高考，田藤竟然哭了……

●○● ●○● ● ●○● ●○● ●○●

★ **叶晴（挖鼻孔）：** 韩震哭着求我嫁给他，想想就好爽……

●○● ●○● ● ●○● ●○●

★ **乔萝（面无表情）：** 脸皮厚，从八岁追到我三十岁……不嫁也太不够意思了……

主持人： 接下来，请竹马派说说青梅的小缺点……

★ **田藤：** 太蠢，没审美。

●○● ●○● ●○● ● ●○●

★ **韩震：** 没腰，还不减肥。

★ **江宸：** 爱装！明明喜欢我喜欢得死去活来还不承认……。

（三位竹马，卒！）

主持人： 三位竹马淘汰出局。接下来请青梅派用三本书的书名造句，以达到一定的宣传效果——总不能卖得太差吧，不然BOSS不会放过编辑的……

★ **任青：** 在盛大的青春时光里，《好想轻轻喜欢你》是我未曾说出的告白，所幸终于在《世界尽头等到你》。《若我不曾忘记你》，我一定买齐这三本！
●○● ●○● ●○●

★ **叶晴：** 很久才明白《好想轻轻喜欢你》的心意，却不曾想到《世界尽头等到你》是个谎言，《若我不曾忘记你》，我一定在最开始就爱上你。
●○● ●○● ●○●

★ **乔萝：** 我的机会就留给亲爱的读者吧，请大家随意拿这三本书的书名造句，并@"瞳文社"新浪微博，即有机会获取精美样书！

竹马派：

（封面以实书为准）

老友记 FRIENDS

当当当——

撒花！ 撒花！

✚ 小洛子心理咨询室

正式开张啦！

【主持人】

你们有任何青春期的烦恼和对未来的迷惘，都可以写信或者发微博私信给小洛子！
从今天起，小洛子就化身知心大姐姐，为大家答疑解惑啦！

【众读者】 ♥

什么？小洛子不是穿越时空的精灵少女吗？怎么摇身一变，成了知心大姐姐？这真是
比穿越还穿越啊！

【主持人】 ♥

哈哈哈，你们不知道吧！小洛子也是有故事的人啊！以前她只是用可乐、爆米花把自
己裹在穿越的幻想时空中，不愿意面对现实，现在终于成长蜕变啦！在《后来我们
还剩下什么》里把自己的故事讲出来之后，在《至没有你的未来》里执着等待和寻
找后，整个人都脱胎换骨啦！经历了那样的青春的人，还有什么疑惑不能帮你们解决
呢？大家勇敢地把问题抛过来吧！

【西瓜绥绥】 ♥

小洛子姐姐，我来啦！看完《后来我们还剩下什么》之后，我特别感动。我现在读高一，也像苏了了一样，结识了三个关系特别好的姐妹。我们一下课就围在一起唧唧喳喳，就连上厕所也要结伴同行，不管有什么秘密，都是四个人分享的。但是最近，我发现她们三个人好像知道些我不知道的东西，一看到我就闪躲着转移话题，我忽然觉得自己好难过好难过，有一种被她们隔离在外的感觉。我每天吃饭、睡觉、上课、做作业，甚至走路的时候都在想自己哪里做得不好了，让她们那么讨厌我！小洛子姐姐，你能帮帮我吗？

【知心大姐姐西小洛】

咨询室开张第一天就迎来了第一个客人啊！绥绥同学，你好。你说的这种情况很普遍！就像书中的"姐妹四人帮"，如果苏了了与蓝图、唐晓言一起聊何夕送了什么礼物给她，也会避开白静莠的吧？因为白静莠也喜欢何夕，知道这件事她会难受啊！所以，你的朋友们或许也是有什么事情不想让你知道后难过，所以才不告诉你呢？不想让自己寝食难安的话，你可以直接问她们中的一个，然后再跟大家摊开来说，表明自己更在乎和她们之间的友情，不管是什么让自己难过的事情，都可以分享！

【主持人】 ♥

嘿嘿，时光飞逝，今天的心理咨询时间马上就结束啦！如果你对小洛子这个知心大姐姐满意和信任的话，欢迎来信来函告诉我们你们的问题！

来信请寄： 湖南省长沙市黄兴北路89号上城金都南栋21楼魅丽优品 西小洛 收

邮编： 410001

也可以新浪微博关注"merry_西小洛"，发私信过来说说你的问题，有可能下次在这里你就看到了自己的名字和问题哦！

漫画一

1

魔王大人

（请无视郁金香一样的火焰）

2

3

虽然魔王大人很厉害，还天生拥有魅惑的能力，蛊惑人心，但是……

水仙的太阳神啊……

4

~HELP~

他来地球时因为意外掉进了海里，从此十分怕水

漫画二

1

2

3

~啊~

4

草莓内裤

摔死了

……

漫天画地

渣画手：大家好，又见面了。

记者：你是给安晴画画那个渣画手吗？

渣画手：是的，不过请去掉"渣"字。

记者：好的，那么请问渣画手，为什么你会来凉桃殿下这边呢？

渣画手：啊哈哈，因为这两人是好朋友啊，于是被其中一个人绑架之后，就变成了为两人服务……

记者：原来如此，那么看完凉桃殿下这本《甜蜜盛夏，王子入侵》，你有什么想法呢？

渣画手：啊，总之，这本书说的就是三个笨蛋凑成一台戏……男主角是打算征服地球的魔王大人，但是在来地球时意外掉入海里（参见漫画一），被女主角救上来后，两人展开了一段"我讨厌你——什么？我喜欢上了你？——哎呀，不好意思告白！——哎呀，忘了告白！——天啊，我还没告白魔王他爹就带兵杀来了！"的复杂剧情。

记者：呃……这个……那漫画二说的是什么呢？

渣画手：漫画二就是笨蛋男配角啦！他表面是闪着金光的完美少爷，私下里却有着看言情故事的喜好，并且特别容易被感动。当然，这里并没有画出来，这里说的是他在校门口不小心被女主角扒掉裤子的事。

记者：扒……扒掉裤子？

渣画手：哎哟，当然是不小心的啦，女主角是被喜欢男配角的粉丝们不小心撞倒啦！

记者：可是，这样的话，为什么会扒掉裤子呢？

渣画手：……（逃走）

记者：那我们问问凉桃殿下好了……凉桃殿下，请问

凉桃：哎！渣画手！去吃麻辣烫啊！等等我！（逃走）

记者：……

渣画手：你为啥要扒掉别人裤子呢？

凉桃：我就是想看看草莓内裤……

艾可乐家族成员

如果我的爸爸是超人，
如果我的妈妈是海神后裔，
如果我的哥哥像闪电侠那么酷，
如果我还有一只强大的超能宠物狗……
那么，身为非凡华丽家族一员的我，会过着什么样的生活呢？

第一战：PK
华丽家长

♥ 华丽血族公爵那染 ♥
VS
♥ 华丽家族家长白大风 ♥

那染外表17岁，实际上已经快到300岁的高级血族公爵，吸血鬼王家族的第10代管家，最经常做的招牌动作是用手捂着脑门叹气，爱唠叨，经常会在旁边吐槽。
而白大风则是一个不择不扣的中年大叔，表面上是普通上班族，其实是经常拯救世界的超人，外表粗犷帅气，但是对家人非常好，还是个爱妻控，凡是超能家族妈妈说的就一定会遵守的绝对好爸爸哦！

综合素质PK：

那染

白大风

（ 出自《刹那的华丽血族之红樱传说》）

（ 出自《非凡华丽家族之独宠天使》）

	那染	白大风
外貌	☆☆☆☆☆	☆☆☆
能力	☆☆☆☆	☆☆☆☆☆
魅力	☆☆☆☆	☆☆☆
性格	☆☆☆☆	☆☆☆☆☆

超凡华丽大对决

第二战：PK
华丽帅哥

华丽血族之王刹那 ♥
VS
华丽家族哥哥白小侠 ♥

白发红眸的刹那是亚伯双生子中另一个的第109代子孙，拥有可以和始祖吸血鬼王相抗衡的力量，也就是第二个始祖吸血鬼王，最大的愿望就是成为一个真正的人类，而对于自己吸血鬼的身份感到无比厌恶，他一直严格克制着自己的欲望。

拥有独特气质和表情最少的帅脸的白小侠是超能家族中拥有最强超能力——闪电超能的人，速度堪比闪电，也能双手放出电流，最大的爱好是在雷雨天洗闪电浴（危险行为，严禁模仿）；因为思维非常快非常跳跃所以很容易沉浸于无人理解的自我世界里，也能在一秒钟之内突然从你面前消失到达地球另一端，最大优点是可以陪女朋友以最快速度并且免去长途跋涉之苦环游世界，是茉莉学院怪人团成员之一。

综合素质PK：

刹那

白小侠

（ 出自《刹那的华丽血族之红莲王朝》）　　（ 出自《非凡华丽家族之永恒精灵》）

	刹那	白小侠
外貌	☆☆☆☆☆	☆☆☆☆☆
能力	☆☆☆☆	☆☆☆☆☆
魅力	☆☆☆☆	☆☆☆
性格	☆☆☆	☆☆☆☆☆

第二战：PK
华丽萌妹

♥ 龙族精英风之龙红竺 **VS** 华丽家族妹妹白小萌 ♥

龙少女红竺是个性格火爆的"二货"，自以为是恶龙后裔但其实很容易因为心软而吃亏；因为族内任务来到人类世界，缺乏应有常识而闹出了很多笑话，喜欢人类世界的包子和电视剧，当然最爱的是金币。

非凡华丽家族的女儿白小萌拥有世界上最柔软可爱的外貌以及个性，非常单纯善良，跟超能家族的其他人一样具有正义感，哪怕能力很弱还是会因看到不公平不正义的事情站出来！她的超能力非常特别哦！虽然很弱小，但对冷酷强大的男主角来说却是世界上独一无二的华丽超能力！大家可以猜猜她的能力是什么。

（提示：她的外号是"调味瓶"哦！）

综合素质PK：

红竺

（ 出自《莲华传说·风之龙》）

白小萌

（ 出自《非凡华丽家族之独宠天使》）

	红竺	白小萌
外貌	☆☆☆☆	☆☆☆☆
能力	☆☆☆☆	☆
魅力	☆☆☆	☆☆☆
性格	☆☆☆	☆☆☆☆☆

第四战: PK
华丽魔女

魔女后裔桃丽丝 VS 华丽家族旁系白小梦

有着紫水晶眼眸的桃丽丝是魔女一族的后裔,体内的魔女之血在18岁生日后会彻底觉醒,从而可以使用魔法。她的性格有点迷糊,虽然是魔女,却是非常善良的魔女哦!

拥有一千张面容的千面超能力拥有者白小梦是小萌的表姐,超级爱演戏、爱恶作剧,是人人避之唯恐不及的可怕角色!她最喜欢做的事情是用非常手段去刺激和调控人心,没有人知道拥有一千张假面的她真心是什么。有点坏的她出口名言是这样的:

—— "哭泣就会让事情变好吗?算了吧!"
—— "我就是这么任性。"
—— "我最讨厌的一种人是笨蛋,最最讨厌的一种人是善良的笨蛋。因为就是这种人助长了那些渣滓的气焰。"
—— "不努力,就去死。"
—— "只想着天上掉馅饼的人最后总是会跌进陷阱里。"

综合素质PK:

桃丽丝

（ 出自《魔女不是猫》）

白小梦

（ 出自《非凡华丽家族之千面月神》）

	桃丽丝	白小梦
外貌	☆☆☆☆☆	☆☆☆☆☆
能力	☆☆☆☆☆	☆☆☆☆☆
魅力	☆☆☆☆☆	☆☆☆☆☆
性格	☆☆☆	☆☆

第五战：PK
华丽超宠

克里斯多夫·罗宾，妖精事务所的第一位妖精使者。是一匹非常漂亮的白色阿拉伯马，个性沉稳、温柔、体贴，像是英国最老式的管家一样的存在。而阿白白是超能家族的宠物，是一只非常讲究的漂亮雪纳瑞犬，年龄成谜，拥有与他类，包括人类进行心音交流以及催眠的能力。不过，它其实还有着其他特殊的能力，自称是超能家族的元老，只是它贪玩懒洋洋的性格不肯经常表现啦！

阿白白在《非凡华丽家族之永恒精灵》篇里出走后，被一个普通人类女生捡到，而拥有超能宠物狗的平凡女生，好像从此生活发生了一场了不起的大变革呢！感兴趣的同学一定要关注"非凡华丽家族"系列哦！

综合素质PK：

克里斯多夫·罗宾

（出自《世界第一王子殿》）

阿白白

（出自《非凡华丽家族之独宠天使》）

	克里斯多夫·罗宾	阿白白
外貌	☆☆☆☆	☆☆☆☆
能力	☆☆☆	☆☆☆☆☆
魅力	☆☆☆☆	☆☆☆☆☆
性格	☆☆☆☆☆	☆☆☆☆

综上，艾可乐最新系列"非凡华丽家族"的众角色与过往人气角色的PK结束！其实"非凡华丽家族"还有一些非常重要的角色没有出场，但这些要留待亲爱的读者自己来发掘啦！

艾可乐最特别、最颠覆、最温暖、最搞怪的系列——

① 《非凡华丽家族之独宠天使》
② 《非凡华丽家族之永恒精灵》
③ 《非凡华丽家族之千面月神》

♥ 一场浪漫刻骨的盛大相遇
♥ 一个庞大奇异的非凡华丽家族
♥ 一部属于中国小读者的超能校园英雄史诗传奇

原来你也在这里

——读筱露《来自星星的男神探》

在一个下着小雪的天气，我静静坐在卧室内的沙发上，看完了一本叫《来自星星的男神探》的书。合上最后一页的瞬间，我抬头看见壁镜里的自己，嘴角微微上扬，眼里荡着止不住的温暖笑意。

我想起曾经青春的年华，想起如今不愿将就的寂寞，想起梦境里出现过无数次的相遇。也许它不一定美丽，不一定独特，不一定动人心扉，甚至在当时也不会意识到这是一个奇妙的瞬间，但后来咀嚼，一定会情不自禁地扬起嘴角，会心一笑，犹如多年前某个温暖的午后穿越而来。

安昕遇见杜子腾，并不是一个美好的瞬间，也许只有"鸡飞狗跳"和"魂飞魄散"才能形容，芥蒂也从此在两人心间埋下。由于杜子腾刑警队长的身份和安昕的倒霉体质，一个个惊险的案件更将不情愿的两人屡次联系起来，因此两人的误会也越积越深。

然而爱情的发酵却是奇妙的，看杜子腾不顺眼的安昕，在相处中渐渐乱了心，两个性格迥异的人彼此吸引，相互磨合，彼此为爱做出妥协和改变，最终都收获了一份美满和幸福。

而出人意料的是，虽然筱露的叙述欢悦搞笑，书中的人物都有一些很可爱的特质。例如安昕，她扛着被家长催婚的压力，但在爱情这方面，却始终活在一个自己构建的完美梦幻世界里。而书中的男主角杜子腾面冷心热，却对番茄酱情有独钟，甚至案件发展到紧张时刻，他仍然不忘记自己的番茄酱。

这些描写都可以用"萌"来形容，然而在章末，筱露都会写上一则"脱单指南"，也是作者本人对爱情的见解。

她常常会理智地写道："即使没人爱也要爱自己，即使岁月不饶人也要让岁月为你静止。"

或者："做一个真实独立的剩女，才会遇上真正欣赏你的男人。"

抑或这样带着坚持的话："如若遇上对的人，那就适时地放下矜持，要知道爱一个人不会要了你的命，追一个人也不会丢了你的脸。"

读到这些话语的时候，我不禁生出一种奇妙的反差感。我相信筱露是个智慧的女子，恰如知世故而不世故是最善良的成熟，知路遥而不心急才是最成熟的从容。因为，迟开的花朵更可爱，迟来的等待，才会恰逢花开。

所以即便仍然单身，也不必心急，恰如张爱玲所言："于千万人之中遇见你所要遇见的人，于千万年之中，时间的无涯的荒野里，没有早一步，也没有晚一步，刚巧赶上了，没有别的话可说，惟有轻轻地问一声：'噢，你也在这里？'"

当迟到的缘分到来，只需说一声：噢，原来你也在这里。

《来自星星的男神探》编辑推荐：

《来自星星的你》风靡大半个中国，"星星"迷成燎原之势，而《来自星星的男神探》却是一本比"星你"更值得一看的小说。冷面男神杜子腾与逗比剩女安昕的欢快故事令人捧腹大笑的同时，也诠释了"不愿将就"的爱情，终究会落地生根，长出最美好的结局。看完这本小说，你会知道，你其实并不孤单，你只是拥有一份迟到的缘分。

——编辑 桑榆

这是我这个冬天看到的最温暖的故事，让人忍俊不禁的开始，掺杂着悬疑与惊险的过程，最后美满到让人潸然泪下的结局。筱露将节奏把握得很好，每一步都引人入胜，让人不知不觉跟着投入书中的世界，进行一场奇妙的探险。好东西要乐于分享，我相信这是一本值得大家在朋友圈分享的书。

——编辑 六叶草

真是太好看了！精彩绝伦的小说，绝对值得一看！堪称剩女们的福音，恋爱界的宝典！书中男主角杜子腾已经代替何以琛晋升为我的新任男神了。好嫉妒，为什么我不是书中的女主角呢？我也要面冷心暖的大男神，羡慕嫉妒恨啊（咬小手绢）！

——编辑 花木

这本书结合了时下所有流行元素，韩剧《来自星星的你》的搞笑，热剧《咱们结婚吧》的真实，英剧《神探夏洛克》的惊险，精彩的情节让人应接不暇。80后剩斗士安昕在阴差阳错中认识刑警队长杜子腾，因为一点小小的误会引起啼笑皆非的故事开端，两人不打不相识，本以为对方是彼此最讨厌的人，然而在汹涌的案情发展中，两人的感情却渐渐升温，不知不觉中恋爱的种子早已种下，慢慢发芽苗壮成长，最后长成参天大树。

最美好的遇见，不一定绽放在最美好的年华，只要心中有爱，幸福终会来敲门。

——编辑 沫沫

《来自星星的男神探》读者推荐：

好看！如果这本书拍成电视剧，我一定会守在电视机前！作为一名资深读者，我读过很多故事，看到这一篇却感触良多，安昕与杜子腾的爱情也许很多人看了会忍不住被逗乐，看到结局的时候我却感到心酸和感动，要有多久的坚持，才能遇见对的那个人？安昕是幸运的，虽然到了面临剩女的地步，但她的男神终究是出现了。虽然过程跌宕起伏，充满惊险，但安昕还是收获了美满的爱情，这给了我坚持的勇气，我相信，只要坚持不懈，总有一天我也会收获自己的男神。

——晋江资深读者

"迟开的花朵更可爱"，《来自星星的男神探》告诉我们这个道理。看完了这本书，我悲伤地宣布我"书荒"了，强烈要求筱露大大再写续作，或者来更多更多的番外，"星星迷"等再久也愿意！

——新浪资深读者

互动有奖调查表

姓名：　　　　　年龄：　　　　　性别：　　　　　电话：

地址：

　　欢迎来到魅丽优品的新书新貌新世界！全新的改版，浪漫、诙谐、有趣，种种不同的新书预告和介绍，以多彩多姿的面貌呈现在你的面前。在未来的一年里，我们将持续且创新地在每本书后推出各种精彩新书专栏和展示不同内容，如果你喜欢我们精心创作的这份随书附赠的小小礼物，就请回复我们来支持我们吧。

♥ 你的最爱

1. 本期新书预告专栏中，你最爱的栏目是？（多选题，请在最喜欢的三个栏目后打√）

　新秀街　　　　　疯狂游乐场　　　　　漫天画地　　　　　老友记

2. 本期新书预告专栏中，你最爱的新书是？（请根据你喜欢的栏目内容标明你喜欢的3本新书）

_____

_____

_____

3. 本期新书预告专栏中，你最喜欢的作者按顺序是？（请列举三位）

_____、_____、_____

4. 本期的图和文字，你更喜欢哪一种？（二选一，在选项后打√）

　图画排版　　　　　文字内容

♥ 线下投票：

　　填好以上表格，将它寄回魅丽优品的大本营：

湖南省长沙市开福区黄兴北路89号上城金都南栋21楼　魅丽优品 市场部 收

你100%有机会得到我们送出的礼品一份。

♥ 线上投票：

　　如果不想寄信，你可以登录我们的微博和微信进行投票，也有机会得到我们送出的新书一本哦。快来扫一扫，进行线上投票吧！

| 魅丽优品微博二维码 | 魅丽优品微信二维码 | 瞳文社微博二维码 | 瞳文社微信二维码 |